Son doctorat scientifique en poche, ***Guy Charmasson*** *aurait pu faire carrière dans la recherche. Mais il décide de se consacrer à sa première passion, l'écriture, à travers laquelle il va s'essayer à tous les genres littéraires – science-fiction, romans policiers et historiques.*

LE GÎTE DE LA VALLÉE PERDUE

Du même auteur

Aux éditions De Borée

La Basse Terre de Julia
La Blessure
La Fille du causse
La Main du maître
La Promesse de Nora
Le Sorcier de la Combe
Les Fassetti
Noblesse de paille

Autres éditeurs

Je suis un escroc
L'Heure perdue
L'Incroyable Odyssée
La Mission
La Vengeance
Le Crépuscule des surhommes
Thibault, gueux de Provence

TERRE DE POCHE
45, rue du Clos-Four – 63056 Clermont-Ferrand cedex 2
livres@centrefrance.com

Guy Charmasson

Le Gîte de la vallée perdue

de Borée
TERRE DE POCHE

I

« IL EST BIENTÔT 11 HEURES. Il ne devrait plus tarder ! »

Nerveuse, elle résista à l'envie de retourner à la fenêtre de la chambre pour le guetter. Elle continua à entasser les vêtements élimés et rapiécés dans l'un des grands sacs-poubelles qu'elle avait apportés. Au moment de l'ajouter aux autres hardes, elle se ravisa et déplia la salopette bleue qu'elle venait de sortir de l'armoire. Elle caressa pensivement le tissu rêche.

Elle avait toujours vu son père engoncé dans une de ces combinaisons qu'il ne quittait que lorsque sa mère faisait la lessive de la semaine. Elle se souvint avec émotion de ces instants paisibles – précédant son départ pour l'école – qu'elle passait à observer cet homme à la stature puissante, à l'appétit impressionnant. Elle s'étonnait toujours devant le copieux petit déjeuner fait de pain et de charcuterie qu'il engloutissait, ne réalisant pas, elle qui se levait à peine, que le paysan avait déjà deux à trois heures de labeur dans les bras. Elle l'épiait, fascinée, tout en vidant son bol à petites gorgées. Elle guettait l'immuable rituel de la première cigarette, attendant qu'il glisse d'un air gourmand une main dans une poche, au niveau de sa poitrine, pour en sortir sa blague à tabac et le papier à rouler. Du « Job non gommé ». Elle se souvenait de ce nom qui sonnait comme une formule magique à ses oreilles d'enfant. Elle s'émerveillait de la délicatesse avec laquelle les gros doigts couleur brique fouillaient dans la bourse de cuir pour en extraire une pincée de gris et l'étaler sur la feuille fragile. Elle s'amusait du coup de langue qui mouillait le papier roulé et collé d'un même mouvement. Elle humait avec délectation l'odeur du premier nuage exhalé par les narines poilues.

Aujourd'hui encore, après tout ce temps, elle associait cette salopette à ces moments privilégiés où elle était une fillette observant avec intérêt les moindres gestes de son père. Machinalement, elle porta la fripe à son visage et inspira doucement, les yeux mi-clos. Il lui sembla retrouver la puanteur agréable du briquet à essence qu'il allumait d'une pression sèche du pouce et celle, différente mais tout aussi âcre, de la fumée.

Elle hésita. Le souvenir, étonnamment vivace, venait de donner une importance inattendue au vêtement fatigué.

« Qu'est-ce que je fais ? Je la garde ? »

Mais il y avait les photos, les papiers, le briquet archaïque, d'autres menus objets qu'elle avait mis de côté dans une boîte en fer-blanc, autant de souvenirs aussi évocateurs mais moins volumineux.

« À quoi bon s'encombrer ? Ça ne le fera pas revenir », pensa-t-elle en ajoutant la guenille aux vieux pulls, aux sous-vêtements, aux chaussettes reprisées.

Une demi-heure plus tard, elle avait fait le vide dans l'armoire à glace de la chambre, ne conservant que les couvertures, les draps et les taies d'oreiller. Elle se baissa, elle prit le sac à bras-le-corps et descendit au rez-de-chaussée en veillant à ne pas glisser sur les marches fatiguées de l'escalier de bois. Elle sortit et posa son fardeau à l'arrière de l'antique camionnette, à côté des cartons contenant ces objets qui avaient meublé le logement de ses parents.

« Je demanderai à Marius de les porter à la déchetterie. »

Elle leva les yeux vers le chemin qui s'accrochait au flanc de la montagne jusqu'à la trouée entamant le front des arbres, qu'ils appelaient « le col ». De toute évidence, ces dernières années, son père avait négligé l'entretien de la voirie. Les intempéries avaient approfondi les nids-de-poule et creusé des rigoles. Les champs en terrasses, qui faisaient face à l'habitation, n'étaient pas en meilleur état.

Ils étaient envahis par les mauvaises herbes et les buissons. Par endroits, les murets de pierres sèches menaçaient de s'effondrer.

« Il faudra les consolider. »

La réflexion amena un sourire attristé sur ses lèvres. Elle n'avait pas l'intention de revenir vivre dans ce mas qui l'avait vue naître et grandir. Elle rentra dans la spacieuse cuisine occupant l'essentiel du rez-de-chaussée. Elle avait vidé le buffet-vaisselier et les tiroirs de la table, ne laissant que la rare vaisselle en état. Elle avait fait de même dans le sombre cellier accolé à la vaste pièce. Il lui fallait à présent remonter pour trier les affaires de la seconde chambre, celle où elle avait dormi jusqu'à son mariage.

Elle avait prévu de faire le tour du grenier en tout dernier. Elle n'y avait plus mis les pieds depuis qu'elle avait quitté le mas pour vivre à Ganges. En fait, elle appréhendait le moment où elle devrait redécouvrir ce capharnaüm encombré d'autant de souvenirs que d'objets.

« J'attendrai qu'il soit là pour faire le tri. Il voudra peut-être conserver le mobilier et quelques autres bricoles. »

Elle regarda sa montre une fois de plus, à la fois impatiente et troublée.

« Qu'est-ce qu'il fabrique ? Il est presque midi ! »

Elle eut peur, soudain, qu'il ait eu un accident. Elle sortit son mobile d'une poche de son jean avant de se souvenir que la vallée était en zone blanche, qu'elle n'était couverte par aucun réseau. Elle saisit le téléphone fixe posé sur le buffet. Elle hésita.

« Il ne répondra pas s'il conduit. Et quand bien même… il me trouvera sans doute stupide. »

Elle lâcha le combiné mais ne put s'empêcher de retourner à la fenêtre, de jeter un coup d'œil. Elle voulut chasser cette émotion inconvenante qui la rendait nerveuse.

« Du calme, ma fille. T'excite pas. Si ça se trouve, il a tellement changé que tu ne le reconnaîtras pas, que tu t'étonneras d'avoir tant pensé à lui toutes ces années. »

Elle était consciente de se mentir à elle-même. La dernière photo d'Alex qu'elle avait vue ne datait que de deux ans.

« On ne change pas beaucoup en si peu de temps ! »

Se sentant ridicule, mais ne pouvant s'en empêcher, elle alla se planter devant la glace accrochée au-dessus de l'évier. Elle se détailla d'un œil critique. Son jean moulait ses jambes, le léger pull-over bleu faisait ressortir sa poitrine ronde et ferme. Elle n'avait plus sa taille de jeune fille, mais elle était toujours mince. Elle ébouriffa sa chevelure dense et frisée.

« Je ne suis pas si mal pour une femme de quarante-neuf ans. Il ne sera pas déçu. »

Elle fronça les sourcils, perplexe.

« S'il l'est, quelle importance, après tout ? »

Mais ce serait important. Pour elle. Elle le savait.

« Ça fait plus de trente ans, pourtant ! »

Plus de trente ans qu'ils avaient fait leur vie chacun de leur côté, que Roberte et Marius étaient le seul lien informel qui leur avait permis de ne pas se perdre de vue.

Une vieille chanson des années 60 lui revint, une ritournelle qu'elle avait entendue plus d'une fois chantonnée par sa mère.

« Un premier amour, premier amour, premier amour... ne s'oublie jamais, s'oublie jamais, s'oublie jamais... »

Les larmes lui vinrent aux yeux, inattendues.

« Il en met du temps ! » pensa-t-elle avec humeur, s'efforçant de teinter son impatience d'un soupçon de colère.

II

PERDU DANS SES PENSÉES, Alex suivait machinalement l'étroite départementale qui menait de Sumène à Cros. Arrivé au sommet d'une côte, il bifurqua sur le chemin qui s'ouvrait à sa droite. Il s'arrêta brièvement au niveau de la vieille boîte aux lettres clouée sur l'épais tronc d'un châtaignier. Le nom de famille peint en gros caractères était toujours lisible : Béranque. Le sien, Montell, et celui des fantômes avaient disparu depuis longtemps.

Il redémarra, attentif à déjouer les pièges de la chaussée défoncée. Les orages de l'automne avaient creusé les ornières, approfondi les nids-de-poule, provoqué des éboulements et des coulées de boue. Côté pente, le talus s'était affaissé par endroits, ce qui le contraignait à serrer sur la gauche. Il roulait à l'allure d'un piéton, anticipant les difficultés, craignant qu'un pneu ne se déchire sur l'une des pierres perçant le peu de terre que les intempéries n'avaient pas emporté. Il grimaçait lorsque le bas de caisse ou le châssis de sa Fiesta raclait le sol. Il s'étonna que Georges ait laissé le chemin se détériorer à ce point.

« Il avait baissé les bras, c'est évident. »

Ce n'était pas l'image qu'il avait gardée du Cévenol, un grand gaillard robuste et opiniâtre. Mais il ne l'avait pas revu une seule fois en trente-trois ans. Un homme peut changer considérablement, en un tel laps de temps. Il était bien placé pour le savoir, lui qui n'avait plus grand-chose du jeune coq qui avait quitté le domaine en crachant sa colère.

Le mas était passablement délabré lorsqu'il était parti, mais, en découvrant le manque d'entretien de la chaussée, il se demanda dans quel état il allait retrouver sa...

« Ma maison ? »

Le terme lui était venu spontanément à l'esprit, à croire que les années passées à Montpellier ne comptaient pas. Il fronça les sourcils, troublé.

« C'est pourtant bien ma maison. »

Il était bel et bien propriétaire d'une moitié des forêts, des terres et des bâtiments de ce domaine qu'il avait déserté l'année de ses dix-huit ans. Il savait que revenir raviverait ces souvenirs merveilleux mais aussi douloureux qu'il avait voulu oublier. Il appréhendait ces retrouvailles avec Annie : il ne pourrait pas la revoir sans comparer sa vie actuelle à celle qu'ils auraient pu avoir ensemble, sans opposer une réalité bien terne à un rêve forcément idéal.

Il avait pu faire semblant d'ignorer le décès de Georges – elle ne l'en avait pas avisé –, mais il ne pouvait se soustraire à la convocation du notaire de Ganges. Le fait que le paysan ait pu lui léguer quelque chose l'étonnait. Il n'avait pas l'intention d'accepter quoi que ce soit. Encore fallait-il qu'il soit présent à l'ouverture du testament pour en faire part à l'officier public.

Pensif, tout en évitant soigneusement les trous les plus profonds, il se remémora la vallée telle qu'elle était lorsqu'il l'avait quittée. À l'époque déjà, le père d'Annie se contentait d'entretenir son seul logement. Quant au *mazet*, il serait tombé en ruine si les fantômes n'y avaient trouvé refuge. Mais le chemin permettant d'accéder à la propriété n'avait jamais été dans un état si lamentable.

« J'arrive au col », réalisa-t-il lorsque la pente s'adoucit pour laisser la place à un faux plat que les intempéries avaient moins labouré.

Il stoppa. Il sortit du véhicule et avança vers la trouée, extrêmement ému. Face à lui, la masse montagneuse, sombre et puissante, semblait veiller sur la vallée.

Il sourit en constatant que, sur sa gauche, le mât supportant l'antenne râteau était encore solide. Le domaine se trouvant en zone blanche, ils avaient dû l'installer à ce niveau pour avoir la télévision.

Sur la droite, à quelques mètres de la chaussée, il revit avec plaisir le rocher qui leur servait d'observatoire, autrefois. Il se fraya un passage à travers les buissons qui, à présent, l'assiégeaient. Il grimpa sur le bloc calcaire et s'assit comme avant, les genoux contre la poitrine, les mains sur ses chevilles.

« C'est toujours aussi beau. »

Il retrouvait, intacte, l'émotion de son adolescence. L'air de cette fin avril était si transparent qu'il pouvait apercevoir les moindres détails des flancs lui faisant face. Le vert sombre des yeuses et des résineux s'égayait, çà et là, du feuillage printanier des acacias, des cerisiers sauvages et des grands chênes blancs. Quelques mas en ruine, aux toits crevés, aux pierres claires, trouaient la végétation de loin en loin, vestiges d'une époque où l'homme savait vivre de peu. Il se rassasia de la beauté de ce panorama qui avait hanté certains de ses rêves. Puis il réalisa qu'il retardait inconsciemment le moment d'abaisser les yeux sur cette large et profonde vallée qu'il avait dû abandonner. Il s'obligea à regarder.

Il eut un coup au cœur.

« Elle est là. »

Son regard s'était immédiatement focalisé sur la C4 vert bouteille, celle d'Annie certainement, qui était garée devant la bâtisse, à côté d'une antique camionnette. Sa respiration se fit plus ample et plus rapide. Il se sentait oppressé. Il s'était demandé, ces derniers jours, ce qu'il ressentirait en retrouvant la fille unique du cousin Georges. Son amour de jeunesse.

Son premier amour.

L'émotion qui l'étreignait était édifiante. Il tenta de se raisonner.

« Ça fait longtemps ! J'aurai peut-être du mal à la reconnaître, elle aussi. »

Il pensa à cette camarade de lycée qu'il avait croisée à Ganges où il s'était arrêté, peu pressé de remonter le cours du temps. La femme l'avait joyeusement interpellé alors qu'il s'était attablé en terrasse d'un bar. Comprenant qu'il l'avait côtoyée autrefois, et ne voulant pas la vexer, il avait feint de la reconnaître et l'avait invitée à prendre un verre. C'est au fil de la discussion, des souvenirs qu'elle avait évoqués, qu'il s'était remémoré la jolie blonde mince et rieuse de terminale. Les années avaient transformé l'espiègle lycéenne en une quinquagénaire boulotte et ridée qu'il n'aurait pas reconnue si elle ne l'avait accosté.

À présent, assis sur son perchoir, le front soucieux, il craignait que son amour d'adolescent ait autant changé. Pourtant, étrangement, il l'espérait également. Il avait quitté une brunette gracile au beau visage ovale, retrouver une femme vieillie lui permettrait de faire enfin le deuil de sa jeunesse, de chasser les doux souvenirs qu'il n'avait pu – ou voulu – effacer.

Il lui fallut faire un effort pour revenir au présent. Son regard glissa du véhicule à la propriété.

« Notre vallée perdue ! » se remémora-t-il, attendri, car c'est ainsi qu'ils avaient baptisé ce magnifique val le jour où Annie avait fait remarquer que les monts formaient comme un rempart la dissimulant au reste du monde.

Vue du rocher, elle ressemblait à un immense amphithéâtre. Trois longues et larges terrasses descendaient du col, partagées en leur milieu par le chemin reliant les habitations à la départementale. Les champs étaient en friche. Le seigle et le blé avaient laissé la place à la mauvaise herbe, aux cades, aux genévriers communs, signe que Georges avait cessé de les cultiver depuis plusieurs années.

L'espace situé devant le corps de ferme, qu'ils appelaient la cour, était encore plus encombré qu'autrefois. Les ronces recouvraient les saletés accumulées au fil du temps : ceps de vigne pourrissants, carcasses de charrette et de barriques, caisses éventrées et même un vieux tracteur rouillé, épargnant seulement le puits que les fantômes devaient nettoyer régulièrement.

Le mas proprement dit était aussi détérioré que dans ses souvenirs, avec son long toit incurvé, ses murs décrépis, ses volets disloqués, ses deux portes cochères griffées par les intempéries. Le logement de gauche avait été celui d'Annie et de ses parents : Georges et Geneviève. Lui-même avait habité celui de droite. Il y avait ensuite, pour terminer, la grange avec son grand portail vermoulu et son étage – le *paillet* – ajouré par une large ouverture.

Le corps de ferme était séparé de la montagne située derrière par un maigre ruisseau aux rives caillouteuses et au lit si profond que l'eau ne débordait jamais lors des habituels épisodes cévenols.

Sur la droite, à deux cents mètres du mas, une petite construction contrastait avec la décrépitude générale. Le mazet semblait presque pimpant avec sa porte et ses fenêtres couleur lavande. Un poulailler et des clapiers faits de bric et de broc s'appuyaient contre la façade arrière ; les sillons rectilignes et soigneusement désherbés d'un potager entouraient la bicoque.

« Eux au moins, ils n'ont pas baissé les bras. »

Son regard revint au mas. Il se demanda dans quel état il allait retrouver cet appartement dont il avait hérité, qu'il avait abandonné depuis si longtemps.

« Les rats doivent mener la sarabande », estima-t-il sans amertume.

Il se souvenait de la grande cuisine située en rez-de-chaussée, de la cheminée monumentale qui chauffait si mal, de l'escalier qui menait aux deux chambres glaciales, de l'immense grenier encombré d'un tas de vieilleries. Il sourit malgré lui en se remémorant ce vaste espace où, enfants, ils avaient passé des heures et des heures à jouer, Annie et lui. Où, plus tard, ils avaient connu leurs premiers émois d'adolescents.

Il regagna pensivement son véhicule, il abaissa le miroir de courtoisie pour s'observer. Il portait sa cinquantaine avec bonheur. Ses tempes grisonnantes et les rides naissant autour de ses yeux le rendaient séduisant. Il avait perdu la minceur de sa jeunesse mais il était athlétique. Le temps s'était montré d'autant plus indulgent avec lui qu'il était très sportif.

« J'ai une bonne hérédité, jugea-t-il honnêtement. Mais elle ? Comment est-elle à présent ? Est-elle aussi belle qu'avant ? »

Il ne savait toujours pas s'il devait l'espérer ou le craindre.

« De toute façon, elle est mariée, elle aussi. »

Il mit le contact, impatient à présent. Il descendit vers le mas à faible allure, traversant les champs abandonnés. Il se gara près de la camionnette, une 403 noire qui aurait dû finir à la casse depuis longtemps. Le plateau était empli de cartons débordant de vaisselle dépareillée, de vieilles godasses au cuir sec, de journaux, de pots de peinture, de sacs-poubelles. De toute évidence, Annie faisait le vide dans l'appartement de ses parents.

Il fit claquer sa portière pour signaler son arrivée. Elle sortit presque aussitôt, comme si elle l'avait attendu. Elle fit quelques pas vers lui, puis elle s'arrêta, un sourire incertain sur le visage. Il comprit alors que ses craintes étaient justifiées, que sa vie allait être bouleversée.

La jeune fille d'autrefois était devenue une très belle femme.

III

S'EFFORÇANT DE CACHER son émoi, il admira la femme qu'elle était devenue. Son visage ovale s'était épanoui. Il s'était arrondi avec bonheur. Elle avait ces yeux noirs en amande qu'il aimait tant, ces pommettes saillantes qui lui donnaient un air vaguement exotique, cet adorable petit nez droit, ces lèvres charnues et bien dessinées. Les pattes d'oie, marquées, n'ôtaient rien à son charme. Un pull bleu ras du corps mettait sa poitrine en valeur, un pantalon serré révélait le fuselé de ses cuisses. Elle était moins gracile qu'à seize ans mais toujours magnifique.

Ils restèrent quelques secondes face à face, troublés de se trouver si peu changés ou, plutôt, si bien changés. Puis elle prit l'initiative. Elle l'embrassa sur les deux joues.

— Bonjour Alex.

— Bonjour Annie.

— Roberte et Marius t'ont certainement vu arriver : ils ne devraient pas tarder. On va les attendre à l'intérieur si tu veux bien, proposa-t-elle d'une voix légèrement rauque.

Il la suivit dans la cuisine ajourée par deux fenêtres aux carreaux poussiéreux. Il redécouvrit avec émotion la cheminée au manteau noirci, le buffet-vaisselier, la table de châtaignier, les solides chaises au paillage fatigué, la comtoise à présent silencieuse, le réfrigérateur qui semblait sortir d'un film des années 70. Dans l'angle faisant office de salon, il y avait toujours le canapé au cuir craquelé, la table basse en Formica. Il remarqua les toiles d'araignée accrochées au plafond et les miettes de pain, les épluchures, les noyaux d'olive qui jonchaient le sol.

« Il avait vraiment baissé les bras. »

Il tira une chaise et s'assit, reportant son attention sur la femme qui prit place face à lui.

— Comment vas-tu ? demanda-t-il doucement.

Elle eut une moue attristée.

— Les premiers jours n'ont pas été faciles. Je le savais très fatigué et lui-même se disait au bout de la route. Mais son décès m'a affectée plus que je n'aurais imaginé. Je vais mieux aujourd'hui. Ça fait presque dix jours. Et toi ? Comment as-tu réagi ?

— Pour être franc, quand Marius m'a informé de sa disparition, je n'ai pas ressenti grand-chose. Les jours suivants par contre, je n'ai pas cessé de penser à lui, à ce qu'il avait fait pour moi : le fait qu'il n'ait pas hésité à me recueillir à la mort de mes parents, qu'il m'ait permis de poursuivre mes études. Je me suis également souvenu des moments heureux que j'ai vécus ici : les *castagnades*[1], les veillées, les promenades. Nous deux aussi, bien entendu. J'ai alors regretté de ne pas l'avoir revu, ne serait-ce qu'une fois.

Il lui cacha que, pour finir, il s'était reposé les questions qui le taraudaient parfois, ces dernières années.

« Que serions-nous devenus s'il ne nous avait pas surpris ? Serions-nous toujours amoureux ? Formerions-nous un couple comme il y en a tant autour de nous ? Comme celui que je forme avec Danielle ? Un couple qui reste uni par habitude ? »

— Ton épouse va bien ? demanda-t-elle par convenance. Elle travaille à la préfecture, je crois ?

— Oui. Elle a pris du galon. Elle est cadre, à présent.

La réponse était aussi laconique que la question. Que lui dire de plus ? Que leurs relations s'étaient tendues ces dernières années ? Que leur bonne entente s'était effritée au fil du temps ?

— Et toi ?

1. *Dégustation en famille ou entre amis de châtaignes grillées dans la braise.*

— Je dirige le service comptable d'une société commerciale, à Montpellier.

— La crise vous a épargnés ?

— Pas vraiment. Il y a eu une charrette, en février. Il a fallu licencier une demi-douzaine de collaborateurs. C'était moche. Heureusement, j'occupe un poste stratégique. J'ai échappé à cette purge. Personne n'aurait pu me remplacer.

— Tu as bien réussi, jugea la femme en souriant.

Il acquiesça mollement. Sa carrière le satisfaisait sans le rendre fier de lui pour autant. Il avait changé d'entreprise à plusieurs reprises, acquérant de l'expérience, mais il n'était pas le cadre supérieur qu'il avait rêvé de devenir. Le confort, une certaine paresse avaient eu raison de ses ambitions.

— Marius m'a dit que ton fils travaille aussi à Montpellier ?

— Oui. Pour une boîte informatique. Il a eu la chance de trouver un emploi juste après l'obtention de son diplôme. Il a pris son indépendance depuis. Il s'est mis en ménage avec une jeune femme qui bosse avec lui.

Elle esquissa un sourire peiné.

— Moi… tu le sais sans doute, je n'ai pas eu d'enfant. Nous ignorons si ça vient de Jean-Claude ou de moi, mais peu importe. On en a pris notre parti.

— C'est dommage. Avoir un enfant donne un but commun, une raison de vivre ensemble même quand…

Il n'acheva pas sa phrase, mais il eut le sentiment qu'elle l'avait compris.

« Même quand il n'y a plus d'amour. »

Ils échangèrent un sourire embarrassé. L'envie de se raconter, de renouer la complicité de leur jeunesse les taraudait, mais aucun d'eux n'osa franchir ce pas.

Elle se leva et alla au buffet-vaisselier, ce qui lui permit de tourner le dos à l'homme, d'échapper à son regard trop brillant. Elle sortit une bouteille et quatre verres.

— Le pastis fait maison de papa. Tu l'aimais bien si j'ai bonne mémoire. J'attendrai que Roberte et Marius soient là pour servir. Ils se languissent de te voir. Et puis ta présence les rassurera. Cette convocation les rend nerveux.

— Ton père a inclus les fantômes dans son testament ? C'est généreux de sa part.

Elle s'adossa au buffet, amusée.

— Les fantômes… Il y a bien longtemps que je n'utilise plus ce surnom. Ce n'était pas très charitable de les avoir appelés ainsi.

— Ce n'était pas méchant non plus et reconnais que ça leur allait très bien. Tu te souviens ? Ils disparaissaient dès qu'on avait de la visite.

— Ils sont toujours aussi sauvages. Marius ne quitte jamais le domaine et Roberte ne se rend à Ganges que pour faire les courses.

— Je sais qu'ils sont à la retraite, à présent. Ça leur fait quel âge ?

— Roberte a soixante-trois ans et Marius soixante-cinq, mais ils paraissent davantage. Ils sont bien fatigués, ce qui est normal : la terre use terriblement. Tu te souviens de papa : c'était une force de la nature, mais tu ne l'aurais pas reconnu, ces dernières années. Il n'avait plus de résistance et il s'essoufflait vite. Mais il refusait de consulter un médecin. J'avais beau insister, rien n'y faisait. Il en avait assez de vivre. Il se laissait glisser.

— Je l'ai compris en arrivant. Je m'attendais à trouver les champs en friche, mais l'état du chemin m'a surpris. Je ne parle pas des saletés accumulées dans la cour. Ce domaine, aujourd'hui, il pue la misère.

— C'était déjà le cas à notre époque. Nous en avons assez souffert, rappelle-toi. Nous étions les fauchés du lycée ! C'est allé de mal en pis après notre départ. Les rendements agricoles ont augmenté partout grâce aux pesticides et aux engrais chimiques, sauf sur ces mauvaises terres. Papa a trimé toute sa vie pour pas grand-chose, pour avoir une retraite de mouisard.

Elle eut une moue chagrinée.

— Notre vallée perdue, comme nous l'appelions, était devenue le refuge de trois pauvres vieux attendant la fin du voyage. Bien entendu, à présent, Roberte et Marius se demandent ce qu'il va advenir d'eux. Le fait que le notaire les ait convoqués les rassure un peu. Ils espèrent que papa leur a laissé l'usufruit du mazet et du potager.

— Ils ne se sont jamais payé la moindre fantaisie, et ils ont toujours vécu en autarcie ou presque. Ils ont dû mettre pas mal d'argent de côté. Ils pourraient finir leurs jours dans une résidence pour personnes âgées.

— Tu sais bien qu'ils n'aiment pas la promiscuité. Cette vallée, c'est leur refuge.

L'homme hocha la tête, pensif.

— Tu as sans doute raison. J'espère moi aussi que ton père leur a fait ce dernier cadeau. Ce qui m'étonne, par contre, c'est que le notaire m'ait également convoqué. De toute façon, je n'ai pas l'intention d'accepter quoi que ce soit. Ça fait quarante ans que je possède la moitié de ce domaine et je n'en ai toujours rien à faire.

IV

TOUT EN PARLANT, il laissait son regard s'attarder sur les hanches d'Annie, sur sa poitrine, son visage. Il avait quitté une adolescente, il faisait face à une femme épanouie.

Différente.

Toujours la même pourtant.

Tout un pan de son existence venait de disparaître. Il lui semblait revenir trente-trois ans en arrière.

« Comment est-il possible que je ressente ce besoin de la prendre dans mes bras comme autrefois ? Après tout ce temps passé loin d'elle ? »

Il maîtrisait son envie de se lever pour l'enlacer mais il ne pouvait empêcher ses yeux de briller, ses lèvres de s'élargir sur un sourire chaleureux. Il avait le sentiment de s'être dédoublé : une partie de lui bavardait de façon impersonnelle, une autre s'efforçait de cacher une émotion d'autant plus forte qu'il percevait celle de la femme : elle avait le regard dilaté, les joues roses, elle entrelaçait nerveusement ses doigts.

Elle entendit avec soulagement les coups discrètement frappés.

— Les voilà !

Elle résista à l'envie de se précipiter. Elle alla à la porte aussi calmement que possible et ouvrit au couple de vieux qui entra, le visage radieux.

Alex se leva aussitôt pour les étreindre, heureux mais surpris de les trouver si frêles et si petits à côté de lui.

« C'étaient des adultes par rapport à moi, réalisa-t-il. Je devais les voir plus grands et plus forts qu'ils n'étaient. »

— Tu es devenu un sacré gaillard, murmura l'homme, admiratif. Les photos, ça ne rend pas pareil ! Tu es plus costaud que le jour où tu nous as quittés mais tu te ressembles toujours.

La gorge nouée, incapable de prononcer un mot, la vieille lui caressa une joue d'une main tremblante, puis l'émotion l'emporta. Elle balbutia en larmoyant :

— Alex ! Ça faisait si longtemps !

— Voyons, Roberte ! Ne pleure pas ! Je vais faire pareil sinon ! Allons, viens. Assieds-toi.

Il prit la paysanne par la taille et l'amena à une chaise, puis il sourit au retraité qui se tamponnait les paupières avec un mouchoir à carreaux.

— Prends place, Marius. C'est l'heure du pastis. Il nous requinquera.

— Avec plaisir, bredouilla le vieux d'une voix sourde.

Annie emplit les verres en s'excusant.

— Désolée, mais il n'y a pas de glaçons. Je n'ai pas rebranché le réfrigérateur.

— On a l'habitude. Ton père ne pensait jamais à mettre de l'eau dans le bac.

— Si vous voulez bien, on va trinquer à sa mémoire.

— Très volontiers, petite. À Georges, notre ami, murmura Marius, profondément ému.

Tout en buvant, Alex détailla le couple qui souriait timidement.

« Ils ont à peine changé. »

Puis il réalisa que cette impression venait de leur différence d'âge. Il n'avait que six ans quand les fantômes étaient entrés dans sa vie, aussi lui avaient-ils toujours paru vieux. Mais ils avaient changé, bien entendu. Ils avaient les cheveux blancs, la peau fripée et les traits fatigués. Il se fit, une fois de plus, la réflexion que la grande chance de ces deux pauvres personnes avait été de se rencontrer, de tomber amoureux en dépit – ou à cause ? – de leurs malformations.

Marius était un homme de taille moyenne, à la musculature sèche. Il avait un regard doux, un nez légèrement busqué, une bouche aux lèvres fines. Il n'aurait rien eu de remarquable si, malheureusement, un énorme angiome ne le défigurait. La masse rougeâtre et boursouflée naissait au-dessous de son œil gauche, lui recouvrait la joue, descendait jusqu'au menton, pendouillait sur sa gorge. Elle attirait irrésistiblement l'attention, suscitant l'apitoiement ou le dégoût.

Les examens réalisés par divers spécialistes n'avaient laissé aucun espoir : les malformations artérioveineuses étaient trop délabrantes, trop envahissantes au niveau crânien pour être opérables. À l'époque, ce triste constat avait à peine déçu le malheureux. Il promenait sa difformité depuis si longtemps qu'elle faisait partie de lui, qu'il n'attendait aucun miracle.

Quant à Roberte… la nature ne l'avait pas épargnée davantage en la dotant d'un physique pathétique. Elle était mince encore, légèrement plus grande que son mari. Elle avait un visage agréable bien que très ridé à présent, les yeux noisette, le nez droit et petit, la bouche sensuelle. Elle était coiffée d'un chignon et la blancheur de sa chevelure montrait qu'elle prenait soin de son apparence, ce qui n'avait pas toujours été le cas. Elle aurait pu passer inaperçue dans une foule si elle n'avait les jambes si arquées qu'aucun accoutrement ne pouvait cacher cette malformation. La pauvre femme dissimulait sa disgrâce autant que faire se pouvait sous des robes lui descendant jusqu'aux chevilles. Pourtant, elle aurait trouvé incongru de se plaindre : le dentier qu'elle portait depuis plusieurs décennies lui donnait un visage ordinaire, c'est-à-dire normal. Mais ni Annie ni Alex ne pouvaient oublier cette incroyable denture qui la défigurait quand elle était arrivée au mas. À l'époque, ses incisives et ses canines supérieures étaient exceptionnellement longues et implantées presque perpendiculairement à sa mâchoire si bien qu'elles lui sortaient de la bouche, l'affublant du faciès d'un clown au sourire burlesque.

Les premiers jours, les deux gamins avaient évité ce couple extravagant, effrayés par leur laideur physique autant que par leur crasse et leur maigreur. Par la suite, la douceur et la gentillesse de l'étrange duo avaient conquis leur cœur. Une profonde affection avait remplacé la crainte. Dès lors, les fantômes avaient fait partie de leur vie.

Alex avait quitté le domaine à dix-huit ans. Il ne les avait pas revus depuis plus de trente ans, mais ils avaient toujours gardé le contact.

Les premiers instants de gêne passés, les retraités évoquèrent leur ami disparu, leur émotion quand ils l'avaient aperçu allongé sur le sol, une main crispée sur la poitrine.

— Je donnais à manger aux lapins quand j'ai entendu Roberte crier. J'ai tout laissé tomber pour me précipiter, croyant qu'elle s'était blessée, mais elle montrait le mas, si bouleversée qu'elle n'arrivait pas à parler. Sur le coup, je n'ai pas compris. Puis j'ai vu Georges, inerte, couché devant sa porte.

Le vieux s'essuya les yeux, évitant le regard d'Annie qui faisait de même.

— J'ai couru aussi vite que j'ai pu. J'ai posé mes doigts sur son cou, cherchant son pouls, mais son cœur ne battait plus. Alors j'ai fait comme à la télé : j'ai mis les mains sur sa poitrine, j'ai essayé de le ranimer. Mais il n'est pas revenu. On est restés à ses côtés je ne sais combien de temps, complètement sonnés avant de penser à téléphoner.

Il y eut un long silence, puis Alex fit allusion à leur convocation chez le notaire.

— Il a sans doute prévu une clause vous permettant d'habiter le mazet même si le domaine change de propriétaire.

— À ce propos, papa n'a jamais eu l'occasion de te le dire, intervint Annie, mais il t'était reconnaissant d'avoir respecté ta promesse, de ne pas l'avoir obligé à sortir de l'indivision.

— Pour être franc, je n'ai pas eu de mal à tenir mes engagements. Vendre la propriété aurait sans doute été possible, à l'époque. Les étrangers achetaient tout et n'importe quoi. Mais n'en céder que la moitié aurait été plus difficile. Qui aurait voulu vivre dans une ruine ayant pour voisin – pardonne-moi, Annie – un paysan revêche prenant sa cour pour une décharge publique ?

Il n'avoua pas que lorsqu'il avait envisagé de faire construire, avec Danielle, il avait demandé l'avis d'un ami agent immobilier. L'estimation du professionnel, encore plus pessimiste que la sienne, l'avait dissuadé de mettre son héritage en vente et, ce faisant, d'entrer en conflit avec le cultivateur.

— La disparition de ton père ne change rien pour moi : je n'ai pas l'intention de vendre.

Il interrogea les fantômes, curieux.

— Mais vous ? Que faites-vous de vos journées depuis que vous êtes retraités ?

Marius raconta avec plaisir leur vie faite de bonheurs simples comme l'entretien des animaux et de leur potager, la contemplation d'un coucher de soleil irradiant entre les montagnes, les soirées passées devant un bon programme ou bien sur Internet.

Le visage rayonnant, le vieux semblait disposé à discourir sur les trésors offerts par le Net quand Roberte intervint avec sa douceur habituelle :

— Annie et Alex ont certainement des détails à régler, et moi j'ai un repas à terminer. Nous mangerons ensemble.

— Je déjeunerai volontiers avec vous, d'autant que je te sais excellente cuisinière, Roberte. Par contre, je devrai vous quitter en fin d'après-midi. Mon fils et sa compagne viennent dîner ce soir.

— Moi, je resterai. J'ai prévenu Jean-Claude que je rentrerai tard.

« Jean-Claude ! »

Alex s'efforça de garder le sourire, mais la réflexion de la femme lui rappela amèrement sa situation : elle était mariée.

Tout comme lui.

V

LORSQU'IL AVAIT OUVERT la porte de la salle d'attente, le notaire – un mince sexagénaire au visage émacié – avait marqué un léger temps d'arrêt. Il n'avait jamais rencontré les fantômes – il en avait seulement entendu parler –, aussi la vue de Marius le déstabilisa un instant. Il se maîtrisa très vite, retrouvant son attitude professionnelle. Il invita ses clients à entrer et à prendre place sur de solides chaises à l'assise rembourrée.

Son bureau était grand, une trentaine de mètres carrés au moins, mais si encombré qu'il en devenait étouffant. Les murs étaient couverts de rayonnages où s'entassaient des dizaines de boîtes à archives ; les dossiers s'empilaient sur trois tables de style Louis-Philippe, une odeur de cire d'abeille parfumait l'atmosphère.

Le notable prit place dans son confortable fauteuil de cuir noir et détailla brièvement Annie, se demandant quelles récriminations il allait devoir affronter vu la teneur du testament. Il était fatigué du fiel, des injures, des reproches que crachaient la plupart des héritiers frustrés. L'approche de la retraite le rendait moins tolérant. Réprimant un soupir las, il débita consciencieusement les banalités d'usage, puis il ouvrit la chemise posée devant lui. Il en sortit une enveloppe cachetée.

— Monsieur Montell, je suppose ? demanda-t-il à l'homme athlétique qui se tenait à côté de la fille du testateur. M. Georges Béranque a laissé une lettre à votre intention. J'avais pour consigne de vous la remettre en main propre et à cette seule occasion.

Intrigué, Alex glissa l'enveloppe dans la poche intérieure de son veston. Il était vaguement soulagé. Il avait craint que le paysan lui ait légué une part de ses biens.

— À présent, je vais vous lire les dernières volontés de M. Béranque.

Alex feignant de se lever pour sortir, Annie posa la main sur son poignet.

— Tu peux rester. À moins que Roberte et Marius n'y voient un inconvénient ?

— Bien sûr que non, assura le vieux après avoir échangé un regard avec son épouse.

L'homme hésita puis se rassit, curieux de connaître la suite.

Le notaire déplia la feuille contenant les dispositions prises par le paysan, un an avant sa mort.

Il lut lentement, jetant de brefs coups d'œil à son auditoire attentif.

— Comme vous le constatez, les dernières volontés de M. Béranque sont des plus claires. Avez-vous des précisions à demander ?

Il nota, surpris, que la femme ne manifestait aucun dépit en apprenant que son père avait légué la quotité disponible à ses ouvriers agricoles. Il crut même déceler une réelle indifférence dans ses prunelles alors que les vieux semblaient abasourdis.

Quand le notable avait lu cette clause dépossédant Annie d'une moitié de ce qui aurait dû lui revenir, Alex s'était tourné vers elle, étonné lui aussi qu'elle ne s'en émeuve pas. Georges justifiait sa décision par le dévouement exemplaire du couple qu'il avait employé quatre décennies durant pour un salaire dérisoire. C'était une raison parfaitement recevable, qu'il avait pourtant du mal à comprendre.

« Il aurait pu se contenter de leur laisser l'usufruit du mazet et du potager ! Ils n'espéraient pas davantage ! »

Puis il réalisa que cette disposition l'impliquait également. Il possédait une moitié du domaine, à commencer par le logement de ses parents. Mais Georges ayant partagé ses biens entre sa fille et les fantômes, ils étaient à présent quatre, et non deux, en indivision.

« Cet enfoiré ! Il aurait voulu compliquer une éventuelle vente qu'il ne s'y serait pas pris autrement ! » pensa-t-il avec plus d'amusement que d'aigreur.

Il avait répondu à la convocation du notaire sans attente particulière. La répartition de cet héritage ne changeait rien à ses projets ou, plus précisément, à son absence de projet : il avait passé l'essentiel de sa vie à Montpellier et la coquette villa qu'il possédait avec son épouse lui suffisait. Les dispositions prises par le paysan l'étonnaient mais ne le gênaient pas.

Annie et les fantômes se levèrent, les formalités terminées, ce qui l'arracha à ses pensées. Ils regagnèrent sa Fiesta garée à une centaine de mètres de l'étude. Il conduisit sans desserrer les lèvres, aussi silencieux que ses passagers. Arrivé devant le mas, il s'empressa d'aider Roberte qui, souffrant d'arthrite, avait du mal à descendre de voiture.

— Je vais faire du café, proposa Annie. Tu auras bien le temps de prendre une tasse avant de repartir, Alex.

Elle entra chez son père sans attendre la réponse et mit l'eau à bouillir dans une vieille casserole. Puis elle sortit le paquet de grains et un antique moulin en bois. Elle sourit, amusée.

— Quand je vivais ici, je ne sais combien de fois je me suis pincé les cuisses avec cet engin de torture. De tous nos cadeaux de mariage, c'est le moulin électrique qui m'a fait le plus plaisir !

Alex nota à nouveau, surpris, que rien dans l'attitude ou le ton de la femme ne laissait transparaître le moindre ressentiment. En revanche, les deux vieux restaient collés hanche contre hanche, comme pour se rassurer, l'air contrit.

— On ignorait tout de ses intentions, Annie, murmura finalement Marius. Il ne nous avait rien dit.

— Moi, je savais. Il m'en avait parlé et j'étais d'accord avec lui. Vous avez travaillé plus de quarante ans sur ces terres sans compter vos heures. De plus, et ce n'est pas rien, vous lui avez tenu compagnie quand il s'est retrouvé seul. D'une certaine façon, vous étiez sa famille plus que moi qui venais si rarement. Cet héritage, vous l'avez mérité.

Elle s'adressa à Alex :

— Il faudra établir un protocole, cependant. Nous devrons déterminer la façon de répartir les terres et les constructions afin que chacun puisse disposer librement de sa part. Qu'en penses-tu ?

— Je suis d'autant plus d'accord avec toi que j'ai un fils. Je n'ai certes pas l'intention de mourir dans les mois qui viennent, plaisanta-t-il, mais on ne sait jamais ce qui peut arriver.

Il demanda aux deux vieux :

— Et vous ? Qu'est-ce que vous en dites ?

— Nous, pourvu qu'on puisse finir nos jours ici…

— Le quart de la propriété représente bien plus que le mazet et le potager, Marius.

— Peut-être, mais on ne souhaite pas davantage.

Il y eut un nouveau silence que le chant de l'eau troubla légèrement. Annie arrêta le gaz et versa lentement le liquide sur le café moulu. Elle emplit les tasses, laissant chacun sucrer à sa convenance. Ils burent à petites gorgées, perdus dans leurs pensées. Roberte et Marius semblaient toujours un peu sonnés. Cet héritage les perturbait. Ils étaient partagés entre la reconnaissance et l'embarras. Que Georges ait voulu préserver leur avenir ne les étonnait pas. Il leur avait assuré que sa mort ne les priverait pas de leur toit. Ils s'étaient donc, logiquement, attendus à avoir l'usufruit de cette maisonnette qu'ils occupaient depuis si longtemps. Mais ils n'avaient jamais envisagé la perspective de devenir propriétaires. Aussi, bien que l'accord secret qui les avait liés justifie cette libéralité, ils avaient le sentiment de voler une partie de son héritage à Annie. Consciente de leur état d'esprit, la femme insista :

— Papa a eu raison de vous laisser la moitié de ses biens. De toute façon, il vous lègue un toit plus qu'une vraie richesse. Quand bien même on vendrait le domaine, on n'en serait guère plus fortunés pour autant. Le site est magnifique, mais le mas est en ruine. Il ne faudrait pas le restaurer, mais carrément le reconstruire. Je ne parle même pas du chemin. Le rendre carrossable coûterait une belle somme ! Alors, à moins de tomber sur un riche fou…

Roberte hocha la tête, à peine convaincue. Elle vida sa tasse, puis elle se leva.

— Je vais préparer le repas, pour ce soir. Tu es sûr que tu ne veux pas le partager avec nous, Alex ?

— Je ne peux pas mais ce n'est que partie remise. Je reviendrai de temps en temps à présent que…

« Que Georges n'est plus là ! »

— Ça nous fera plaisir de te voir. Internet, c'est bien, mais ce n'est pas pareil.

La vieille sortit sur un sourire chaleureux, suivie de son époux.

— Une autre tasse ? proposa Annie.

Il accepta. Ils burent en évitant de se regarder jusqu'à ce qu'elle se décide à briser le silence :

— Ça a dû te faire drôle de revenir, après tout ce temps.

— En effet, et pour tout dire, j'appréhendais un peu.

Il hésita.

— Bizarrement, c'est comme si je n'étais parti que la semaine dernière. J'ai l'impression que rien n'a changé.

Elle se força à rire.

— À ce détail près que les champs sont en friche, que la masure s'est détériorée un peu plus, que la cour est encore plus encombrée et que…

Elle rougit malgré elle.

— … nous avons vieilli.

Il la considéra gravement.

— C'est vrai mais… plutôt bien en ce qui te concerne. Tu as à peine changé. Tu fais seulement plus… femme.

Il avait failli dire : plus désirable. Mais elle avait compris, elle s'était empourprée.

— Toi aussi. Tu ressembles toujours au jeune homme qui est parti en claquant la porte, un soir d'été.

Il pensa avec ironie que la table qui les séparait le protégeait de lui-même, de son envie de la prendre dans ses bras. Il avait l'impression qu'elle éprouvait les mêmes sentiments. Tout l'indiquait dans son comportement : son indifférence affectée, ses regards tantôt appuyés, tantôt fuyants, cette carotide qui pulsait trop vite au niveau de son cou. Il orienta prudemment la discussion sur un sujet moins dangereux que le rappel de leur adolescence.

— Le commerce n'est pas trop difficile en ce moment ?

Elle haussa légèrement les épaules.

— L'alimentaire ne souffre pas autant que les biens d'équipement. Les gens ont toujours besoin de se nourrir. Ils s'offrent moins de fantaisies qu'avant et ils se rabattent sur les premiers prix, ce qui a fait baisser notre chiffre d'affaires, mais nous aurions tort de nous plaindre. Certains de nos confrères n'ont pas tenu le choc, surtout ceux qui étaient spécialisés dans le mobilier, le brun et le blanc. Jean-Claude et moi, on ne s'en sort pas si mal. C'est la raison pour laquelle...

Elle eut un geste vague, signifiant que les volontés de son père ne l'affectaient pas.

Il comprenait. Elle avait épousé un camarade de lycée qui possédait à présent la villa et le supermarché de ses parents décédés. Elle vivait dans l'aisance depuis son mariage. Hériter d'une ruine et de terres infertiles ne changerait pas grand-chose à son train de vie.

De son côté, il occupait un emploi bien rémunéré, il habitait une maison agréable dans un quartier résidentiel, il avait un fils intelligent et travailleur, une femme charmante.

Il avait, comme on dit, tout pour être heureux.

Il n'était pas heureux.

Il reposa sa tasse vide, la gorge nouée à présent. Trop d'émotions l'assaillaient. Il eut envie d'évoquer leurs rendez-vous amoureux. Mais revisiter ces souvenirs, c'était aussi raviver la blessure de leur séparation, revivre la scène qui l'avait opposé à Georges quand ce dernier les avait surpris dans le paillet.

— Vendre ta part ne t'intéresse vraiment pas ?

— Pas du tout, Annie. Je t'assure. Ma maison est payée et j'ai un peu d'argent de côté. Je n'ai besoin de rien. Par contre, l'idée de revenir pour les vacances ne me déplairait pas. De plus, je suis certain que mon fils aimera la vallée. Il connaît son existence, bien entendu, mais il ne l'a jamais vue.

Il jeta un coup d'œil à sa montre.

— Il est temps que je rentre. J'arriverai plus tard que prévu.

Il sortit son Smartphone.

— Il n'y a pas de réseau, Alex. Nous sommes en zone blanche. Utilise le fixe.

— J'oubliais. Ça me fait penser… tu te souviens quand ton père a su qu'il fallait monter l'antenne jusqu'au col ? J'ai bien cru qu'il allait fracasser la télévision tant il était en colère.

— N'empêche qu'il a été bien content de l'avoir, ensuite.

— Et nous donc !

Pour la première fois de la journée, ils échangèrent un sourire complice, le même souvenir leur réchauffant le cœur : c'est lors d'une de ces soirées passées devant le petit écran qu'Alex avait osé prendre la main d'Annie dans la sienne. Discrètement. À dater de cet instant, leurs rapports avaient évolué. Ils avaient glissé d'une amitié enfantine à un flirt innocent puis, plus tard, aux relations intimes.

Il se leva avec regret.

— Il faut vraiment que je parte.

Elle lui tendit une joue pour qu'il l'embrasse. Il résista à nouveau à l'envie de l'enlacer. Il alla saluer les fantômes, puis il regagna sa voiture. Il se retourna vers la femme qui restait sur le pas de sa porte.

— À bientôt ! cria-t-il d'une voix enrouée.

Elle ne répondit pas, se contentant de lui sourire.

VI

Il se gara quelques dizaines de mètres après le col. Il ne pouvait se résoudre à partir de façon si abrupte. Il retourna au niveau de la trouée de façon à rester invisible du mas et laissa les souvenirs affluer. Il se revit gamin, donnant la main à la fillette qui l'accompagnait partout alors. Souvent, assis sur le rocher, ils suivaient du regard les silhouettes qui s'affairaient dans la vallée. Ils distinguaient facilement les fantômes qui travaillaient toujours ensemble, qu'ils soient aux champs ou dans le potager, binant, arrosant et récoltant les légumes que leurs mères allaient vendre aux marchés de Ganges et de Sumène. Ils observaient Georges, aisément reconnaissable à sa stature massive, Geneviève, son épouse, qui était aussi grande mais mince et plus vive, et les parents d'Alex qui se ressemblaient étrangement de loin : même haute taille, même gabarit athlétique.

Ils avaient également connu le papé, le grand-père paternel d'Annie, un octogénaire aux gestes lents, courbé par les années. Toujours actif, il travaillait doucettement, sans jamais arrêter : il sciait le petit bois, il brûlait les encombrants, il nourrissait les animaux qui, alors, occupaient le rez-de-chaussée de la grange : le mulet, les lapins, les poules, la chèvre et le cochon.

Ce fut une période heureuse pour les enfants qui ne se posaient pas plus de questions que les autres gamins de leur âge. Leur existence était rythmée par les allers-retours à l'école, les devoirs qu'ils faisaient côte à côte, les dimanches passés à se promener, à construire des semblants de cabanes dans la forêt.

Le papé s'était effondré un jour, alors qu'il préparait la pâtée du cochon. Sa disparition avait été leur premier contact avec la mort. Ils avaient découvert ce concept avec plus d'étonnement et de curiosité que de peine. Ce décès les avait touchés sur l'instant, car le vieillard était de bonne compagnie. Mais leur jeunesse leur avait permis de ne garder en mémoire que les heures agréables passées auprès du vieux bonhomme qui sentait un peu fort mais savait raconter des histoires, nommer tous les oiseaux, toutes les plantes et tous les champignons.

Son père disparu, Georges était devenu propriétaire d'une moitié du domaine, tout comme la mère d'Alex. Mais à l'instar de leurs aïeuls, ils n'avaient pas jugé utile de mettre fin à l'indivision. Les deux familles avaient toujours travaillé en symbiose et partagé les bons comme les mauvais moments. Puis il y avait eu le second drame, le plus douloureux pour Alex qui venait de fêter ses douze ans : la mort accidentelle de ses parents, un samedi après-midi, alors qu'ils revenaient de Villefort.

Georges était allé reconnaître leurs corps. Seul. Il n'avait pas voulu que quiconque l'accompagne, avec juste raison. La 4 L du couple avait été broyée par un lourd camion qui l'avait heurtée de front dans un virage serré. Cette disparition tragique et brutale aurait anéanti le gamin sans la solidarité de ses proches. Il avait pu compter sur l'affection des fantômes pour le soutenir, sur Georges et Geneviève devenus ses tuteurs. À dater de ce drame, il avait passé l'essentiel de sa jeunesse chez celui que ses parents appelaient « le cousin Georges » bien que leur cousinage remonte si loin qu'il était plus virtuel que réel.

Il mangeait avec eux, il faisait ses devoirs chez eux et ne les quittait que pour dormir : chaque appartement ne disposant que de deux chambres, il regagnait la sienne chaque soir. Il avait donc grandi avec Annie. Elle avait été sa compagne de jeu, sa complice, sa meilleure amie jusqu'à cette veillée où leurs mains s'étaient entrelacées. Ce simple geste avait fondamentalement changé la nature de leurs relations. Le lendemain, ému et rougissant, il avait profité d'une promenade pour la prendre dans ses bras. Elle n'avait pas résisté, ils s'étaient embrassés. Dès lors, leur amour d'adolescent s'était épanoui. Leurs flâneries s'étaient faites plus douces, leurs confidences plus intimes.

Puis ils étaient devenus amants.

Totalement insouciants.

L'idée qu'Annie puisse tomber enceinte les avait à peine effleurés. Ils s'en étaient remis au hasard. Ils se cachaient cependant, conscients que leur liaison serait mal vue par les parents de la jeune fille. Ils faisaient l'amour dans la forêt quand le temps le permettait, dans le paillet les jours de pluie et de froidure, au grenier quelquefois.

Alex avait le sentiment que Geneviève se doutait de quelque chose. Sans doute aurait-elle pu tempérer la réaction de son époux quand il les avait surpris enlacés dans le foin, mais elle était morte d'un cancer un an avant cette vilaine scène. Scandalisé, Georges s'était emporté. Il avait giflé le jeune homme qui s'était rebiffé, si bien que l'adolescente avait dû se jeter entre eux, suppliant et pleurant jusqu'à ce qu'ils cessent de s'empoigner.

L'ambiance était devenue si pénible, les jours suivants, qu'Alex, qui venait de réussir son bac, s'était résigné à quitter le domaine. Il avait fait une proposition à son cousin :

— J'ai décidé de poursuivre des études de gestion à Montpellier. J'aurai une bourse, mais elle ne suffira pas. Si tu m'aides à boucler mes fins de mois, je te laisserai la jouissance de mes terres. Tu en disposeras à ta guise. Je ne les vendrai pas.

Le paysan avait à peine réfléchi. L'effort financier demandé était modeste, il pouvait se le permettre, à l'époque. Mais il avait, lui aussi, posé ses conditions :

— C'est d'accord si tu ne remets plus les pieds ici ! Tant qu'Annie y vivra en tout cas ! Sinon on fait le partage et chacun se débrouille avec sa part.

Le jeune homme avait quitté le mas avec autant de regrets que de soulagement. Il avait traîné son amertume durant quelques mois, puis il avait fréquenté une étudiante au sourire avenant. Ils avaient mené une vie laborieuse et insouciante jusqu'à ce qu'une grossesse ne les contraigne à officialiser leur union.

L'année suivante, lorsqu'il avait appris le mariage d'Annie avec un camarade de lycée, un fils de commerçants aisés vivant à Ganges, il en avait éprouvé une réelle peine. Mais il y avait Danielle et leur couple à construire, Guillaume à élever, leurs carrières qui commençaient. Ils avaient des envies de voyages, ils souhaitaient avoir une maison. Ils avaient tissé un cocon familial confortable. Puis le temps avait fait son œuvre, si insensiblement qu'ils ne s'en étaient pas rendu compte. Les sentiments du début avaient peu à peu laissé la place à une sorte d'amitié tranquille. À présent, ils n'avaient plus d'autre projet commun que de choisir leur sortie du dimanche ou la destination de leurs vacances.

Lorsqu'il avait reçu la convocation du notaire, Alex avait réalisé que s'y rendre serait revoir Annie, donc réveiller le passé. Mais il n'avait pu résister au désir de découvrir la femme qu'elle était devenue. À présent, dissimulé par les feuillages, il observait la vallée avec une certaine amertume, incapable d'analyser précisément ce qu'il éprouvait : des regrets bien entendu. De la tristesse aussi.

De la colère ?

Il allait regagner Montpellier, sa belle maison, Danielle son épouse. Pourtant, bizarrement, il n'avait pas le sentiment de rentrer. Il lui semblait plutôt qu'il partait de chez lui en quittant ce domaine, cette combe isolée où il avait retrouvé la femme qu'il avait le plus aimée.

Puis il se souvint de l'enveloppe. Il l'ouvrit. Georges avait couvert la feuille de quelques phrases tracées en gros caractères maladroits. Il exprimait ses regrets d'avoir interrompu une idylle qui, il en avait pris conscience avec les années, aurait pu être durable.

Les excuses trop tardives du paysan lui donnèrent envie de hurler. Il déchira la lettre en petits morceaux qui s'éparpillèrent autour de lui.

— Sale con !

L'insulte roula jusqu'au domaine, et Annie l'entendit.

Elle fronça les sourcils, intriguée.

« Drôle de cri. »

Elle pensa à Jean-Claude, son mari, qu'elle rejoindrait plus tard dans la soirée, à cet homme qui venait de partir, qui allait retrouver son épouse et dormir à ses côtés.

Sans le savoir, elle eut le même geste que lui, là-haut.

Elle dut s'essuyer les yeux.

Je t'en ai longtemps voulu, Alex. Mon Dieu, comme je t'en ai voulu !

Je souffrais tant de notre éloignement que j'ai failli plus d'une fois prendre le car pour Montpellier. J'ignore ce qui m'a retenue. L'habitude d'obéir à mon père sans doute, quand bien même nous étions en conflit.

Tu m'obsédais. Je ne cessais de penser à toi, me demandant ce que tu faisais, si toi aussi, de ton côté, tu te languissais de moi. J'attendais impatiemment d'être majeure pour te rejoindre et faire ma vie avec toi.

Si tu savais à quel point j'ai eu mal ce sale jour où Roberte, attristée, m'a fait part de ton mariage. J'en ai pleuré longtemps. Je l'ai maudit, ce père intransigeant qui t'avait éloigné de moi. Je l'ai haïe, cette femme qui te volait à moi. Il m'a fallu des mois pour accepter l'idée que je t'avais perdu.

Alors…

Il y avait Jean-Claude, ce camarade de lycée qui me faisait la cour, qui ne me déplaisait pas. J'avais tellement besoin de cet amour dont tu me privais que j'ai fini par sortir avec lui. Et puis, pour tout avouer, il y avait le sexe aussi, que nous avions découvert ensemble. Qui me manquait parfois. Je me suis mariée à mon tour. Pour m'éloigner de mon père que je ne supportais plus. Pour t'oublier, surtout.

Je n'ai jamais pu t'oublier.

J'ai simplement anesthésié mon envie de toi, de tes bras, de ton corps. J'ai assumé ma condition d'épouse auprès d'un homme que j'estimais à défaut de l'aimer. Je ne sais ce que notre couple serait devenu sans ce travail qui nous prend douze heures par jour, six jours sur sept, nous empêchant de réfléchir sur la vacuité de notre vie. J'ai passé l'essentiel de mon existence en femme laborieuse, moi qui me serais voulue simplement amoureuse.

Puis il y a eu ce besoin de renouer avec mon père après quelques années, ces visites que je rendais à mes racines. Je ne gagnais jamais la vallée sans émotion, sans penser à nous deux. Je regardais avec une fausse désinvolture les photos que me montraient les fantômes, j'écoutais ces nouvelles qu'ils me donnaient, sachant que je les espérais. Je comparais alors nos rêves perdus à ma vie morne d'épouse.

Pauvre Jean-Claude !

Il m'a ouvert ses bras et sa maison. Il m'a permis de me réaliser professionnellement, de devenir une femme responsable, capable de diriger du personnel, de négocier avec les fournisseurs, de régler les litiges.

Mais il n'a pas su m'apprendre à être aimante. Aussi, comment aurais-je pu lui en vouloir le jour où j'ai compris qu'il n'était pas fidèle ? Ce qui m'a le plus surpris, étrangement, ce n'est pas d'avoir découvert que l'entrepôt du magasin abritait ses aventures. C'est d'avoir constaté que ça me laisse indifférente !

Quel triste couple que le nôtre, quel naufrage est devenue ma vie…

Mon Dieu, Alex, si tu savais à quel point je t'en veux !

VII

GUILLAUME ET SA COMPAGNE n'étaient pas encore arrivés lorsqu'il entra dans le séjour. Danielle avait mis les petits plats dans les grands, selon son habitude. Qu'ils reçoivent leur fils et Mylène ou quelques couples d'amis, elle visait la perfection : une nappe colorée achetée en Thaïlande, des couverts rutilants, un bouquet de fleurs comme dans un restaurant chic. Elle était excellente cuisinière pour couronner le tout et les convives ne manquaient jamais de la féliciter sincèrement.

Leurs rôles respectifs étaient bien définis : il s'occupait des apéritifs et entretenait la conversation sur des sujets faisant consensus en attendant qu'elle puisse se joindre à la discussion. Leurs invités partis, il l'aidait à tout remettre en ordre puis ils se retrouvaient au lit, trop fatigués, le plus souvent, pour faire l'amour. Ce soir-là, il considéra la table d'un œil critique. C'était parfait, comme toujours. Il compara le repas à venir à celui qu'il avait partagé avec Annie et les fantômes : un déjeuner simple et rustique. Si chaleureux pourtant.

— Bonsoir chéri.

Danielle sortit de la cuisine, soigneusement maquillée, le corps moulé dans un élégant fourreau noir. Il lui rendit son sourire, il l'embrassa sur les lèvres. Un baiser rapide. Sans réelle signification.

Il ôta son veston et le rangea dans la penderie. Il alla se laver les mains dans leur luxueuse salle de bains, puis il rejoignit la femme confortablement installée dans l'un des fauteuils de cuir fauve, devant la table de salon. Il prépara l'apéritif avant de s'asseoir à ses côtés.

— Alors ? Ce testament ?

— Rien de particulier en ce qui me concerne. Il y avait juste une lettre à mon intention. Il semble que mon cousin ait regretté notre fâcherie, sur la fin de sa vie. Pour le reste... il a laissé la moitié de ses biens à Roberte et à Marius, ses ouvriers agricoles, ce qui chagrine d'autant moins sa fille qu'elle était au courant et tout à fait d'accord.

— Si vous êtes quatre copropriétaires, ça risque de compliquer le partage. Qu'est-ce que tu envisages ?

Il nota son indifférence affectée et retint un sourire. Au début de leur relation, il l'avait amenée jusqu'au col pour lui faire découvrir cette vallée cévenole dont il parlait avec tant de regrets. La beauté des lieux avait enthousiasmé sa compagne qui avait souhaité faire le tour du domaine. Il avait évoqué la fâcherie l'opposant à son cousin pour refuser mais, la jeune fille insistant, il avait dû lui révéler la cause de cette brouille. Sa jalousie éveillée, Danielle n'avait plus fait allusion à la vallée. Mais les années avaient coulé, son passé cévenol avait perdu de son importance.

— Je n'y ai pas réfléchi. J'attendais de savoir ce que Georges me réservait.

Elle grignota un biscuit salé, puis elle livra le fond de sa pensée :

— Le mieux serait de t'en débarrasser.

Il fit semblant de considérer la suggestion.

— Ce ne serait pas facile. Pour commencer, il faudrait que Roberte et Marius ne veuillent pas inclure la bâtisse dans la part leur revenant. Ce ne devrait pas être un problème, remarque : ils ne souhaitent rien de plus que de finir leurs jours dans leur maisonnette. Mais même si Annie conserve le domicile de son père, vendre celui de mes parents impliquerait qu'elle accepte de faire exécuter un certain nombre de travaux. Donc que son mari soit également d'accord.

— Vos appartements sont séparés, si j'ai bonne mémoire ?

— Eux oui, mais pas la toiture qui est en très mauvais état. Je ne parle même pas des façades qui ont perdu leur crépi ni du chemin qui ne sera plus praticable si le prochain épisode cévenol est aussi violent que celui de l'an dernier. Il y a d'autres inconvénients : les champs sont à l'abandon depuis des années, les réseaux hertziens ne passent pas, l'eau vient d'un puits et n'est peut-être pas potable selon les normes actuelles.

— Ton cousin et ses ouvriers en ont bu toute leur vie sans problème, non ? L'absence de réseau est un détail puisqu'il y a une ligne fixe. Quant aux friches, j'imagine qu'il suffirait d'un coup de tracteur pour leur redonner un bel aspect. Je me trompe ?

Il ne la contredit pas, d'autant qu'elle raisonnait juste mais, curieusement, le fait qu'elle l'incite à vendre renforça son désir de n'en rien faire.

Sans transition, l'air indifférent, elle posa la question qui l'intéressait réellement :

— Tu as dû trouver ta cousine bien changée après tout ce temps.

Il faillit répondre qu'il l'avait trouvée plus séduisante qu'autrefois, histoire de la provoquer. Mais il ne voulut pas gâcher leur soirée.

— C'est normal. Elle a trente-trois ans de plus.

— Et les handicapés ?

Il se retint de lui répliquer vertement. Le terme le choquait.

— Ils ont bien vieilli eux aussi, mais ça m'a fait plaisir de les revoir.

— Vous avez dû évoquer pas mal de souvenirs.

— À peine. On n'a guère eu le temps.

— Tu as donc perdu une journée pour une simple lettre. Tu aurais mieux fait de rester, tu ne crois pas ?

Il ne fut pas dupe de l'air détaché avec lequel elle avait fait sa réflexion. Il répondit sur le même ton :

— Comment aurais-je pu le savoir ?

Elle ne répliqua pas. Elle jeta un coup d'œil à sa montre, impatiente.

— Ils sont toujours en retard ! Je me demande de qui ils tiennent !

Elle se leva, agacée, et alla se planter devant la fenêtre qui donnait sur la rue, guettant l'arrivée de leur fils. Il l'observa pensivement, ne pouvant s'empêcher d'admirer sa silhouette presque parfaite. Les gens s'étoffent généralement avec l'âge. Les hommes prennent du ventre, les femmes s'alourdissent. Il se flattait d'avoir conservé un corps d'athlète et avait été agréablement surpris de constater qu'Annie était restée aussi svelte, ou presque, que du temps de leur adolescence. Mais Danielle n'avait rien à lui envier. Elle prenait soin de son apparence. Elle mangeait équilibré, elle buvait peu, ne fumait pas. Elle se rendait régulièrement dans une salle de sport et, chaque samedi matin, elle faisait un footing dans les allées du zoo avec une amie. Ses rides seules indiquaient son âge. Ses rides et une peau épaissie par trop de bronzage. Mais elle avait toujours un corps souple et désirable.

« C'est une jolie femme. Alors comment se fait-il que… »

Il chassa à nouveau cette réflexion qu'il se faisait si souvent depuis quelques années. Comment se faisait-il qu'il ait si peu envie de lui faire l'amour, à présent ? Qu'elle-même, de son côté…

« On ne se désire plus, convint-il, attristé. Pourtant, nous sommes jeunes encore. Il nous reste tant d'années à vivre ensemble. Vingt ans au moins. Peut-être trente ? »

Il frissonna. Supporter aussi longtemps ce désert affectif lui fit peur, tout à coup.

« On ne vit plus. On s'étiole. On se parle à peine. Des banalités. On cherche des centres d'intérêt commun pour passer nos week-ends sans trop d'ennui. Le soir, on tue le temps devant une télévision qui nous évite les tête-à-tête. On reçoit régulièrement des amis, qui nous invitent à leur tour et c'est une bouffée d'air frais qui permet d'oublier, quelques heures durant, notre vie étriquée. »

Une ride chagrine lui barra le front.

« Nous avons des économies, un bon emploi. Aucun de nous n'a financièrement besoin de l'autre… Alors pourquoi rester ensemble ? »

Il regarda autour de lui d'un œil critique. Leur séjour était vaste et confortable. Le salon faisait face au grand écran et à la hi-fi haut de gamme, la cheminée agrémentait les soirées d'hiver, les meubles en noyer blond donnaient de la chaleur aux murs blancs. Ils avaient une cuisine dernier cri, trois chambres spacieuses, un jardinet coquet : trois cents mètres carrés de gazon et de fleurs. Il eut une moue amusée en repensant au mas, aux hectares de prairies et de forêts qui l'assiégeaient.

Il se leva et se campa à côté de son épouse. Elle tourna la tête et sourit brièvement. Un sourire réflexe.

« A-t-elle un amant ? »

Depuis quelques mois, il la soupçonnait de voir quelqu'un. Il avait remarqué quelques menus changements dans sa façon de se comporter. Curieusement, ces doutes ne provoquaient aucune émotion en lui, comme s'il n'était pas concerné. Il lui aurait été facile de vérifier, mais il n'avait pas envie d'approfondir. Il se rappela une prière qui les amusait, ses camarades et lui, au temps du lycée. Il la récita mentalement, un léger sourire sur les lèvres :

« Mon Dieu, faites que je ne me marie jamais.

Mon Dieu, si je me marie, faites que ma femme ne me trompe jamais.

Mon Dieu, si ma femme me trompe, faites que je ne le sache jamais.

Mon Dieu, si je le sais, faites que je m'en foute. »

Avant… au début de leur mariage, ce genre de doute l'aurait bouleversé.

« Je l'aurais espionnée, suivie, questionnée. J'en aurais eu mal au ventre, mais j'aurais voulu savoir. Aujourd'hui… comment est-ce possible ? Et puis, après tout… même si elle a un amant… »

Il esquissa une moue faite d'amertume et d'embarras.

« Je fais pareil de mon côté ! »

Depuis deux ans, il avait une liaison avec une de ses collaboratrices, une comptable qui se disait malheureuse en ménage. Ils se retrouvaient deux ou trois fois par mois dans une chambre d'hôtel, quand il avait une excuse crédible pour justifier son retard. C'était une relation à la fois tendre et sexuelle, qui mettait du piment dans sa vie, qui lui donnait le courage de retourner chez lui soir après soir, de rejoindre une épouse indifférente.

« On s'entend bien, pourtant. »

Plus exactement, ils ne s'entendaient pas mal. Comme de vieux amis cohabitant dans une agréable maison. Mais la flamme de leur amour s'était éteinte. Tout doucement. Une question le contraria, lancinante, celle qu'il se posait de temps à autre depuis longtemps : « Se serait-on marié s'il n'y avait eu sa grossesse ? »

Il s'efforça d'être honnête.

« Peut-être. Sans doute même. On était amoureux. J'en étais presque arrivé à oublier Annie. »

Quand un couple a épuisé l'amour qui le liait, chacun de son côté repense à ses premiers émois et se pose de bien étranges questions.

Un premier amour… On croit qu'il appartient au passé tant que la vie nous sourit, alors qu'il est juste en retrait, dans un repli de notre mémoire. Son souvenir surgit parfois, à l'occasion d'un coup de blues. Il redonne un peu de couleur à nos pensées, il habille de nostalgie ce sentiment de vide qui nous étreint. Puis, cette petite crise terminée, il retourne sagement se lover dans le tréfonds de notre cerveau, aussi inoffensif qu'une douce chimère.

En l'occurrence, le souvenir avait pris corps. Il n'était plus anodin : revoir Annie avait fait renaître cette profonde attirance qu'il croyait avoir étouffée. Il regarda à nouveau son épouse qui s'était rassise et tambourinait nerveusement du bout des doigts sur l'accoudoir. Elle avait les gestes élégants, elle était belle, soignée. Pourtant, l'idée d'une séparation revint le caresser.

« Ça ne poserait aucun problème. Guillaume n'a plus besoin de nous. Nous n'avons que la villa en commun. Une maison, ça peut se vendre. On n'accepte pas de finir sa vie sans amour juste pour conserver une maison. »

Il repensa au mas, à cette habitation délabrée où il avait passé son enfance.

« C'est une ruine. »

Mais il ressentit une profonde tristesse. En l'espace d'une journée, cette ruine était redevenue sa vraie demeure.

Il aperçut les phares, il vit la voiture manœuvrer pour se garer devant le portail. Le jeune couple arrivait. Sa joyeuse présence allait lui permettre d'oublier ses idées noires.

— Les voilà, dit-il avec soulagement.

VIII

Ça nous a fait énormément plaisir quand Alex nous a appris qu'il se rendrait à la convocation du notaire, qu'il passerait nous prendre au préalable. On en avait les larmes aux yeux, Roberte et moi. Il y avait si longtemps.

— Tu crois qu'il nous reconnaîtra, s'était inquiétée ma pauvre femme avant de pouffer, réalisant l'absurdité de sa question. Comment pourrait-il ne pas nous reconnaître, étant donné notre physique !

Lui, nous l'avons vu changer : c'est avec Georges qu'il était fâché, pas avec nous. Il nous a écrit dès sa première année de fac. Il nous parlait de ses cours, de ses nouveaux amis, de cette étudiante charmante qu'il a fini par épouser. Il nous envoyait régulièrement des photos prises à l'occasion d'une fête, d'un anniversaire, d'un matin de Noël.

Il n'y avait jamais sa femme sur ces clichés. Il se doutait, bien entendu, que nous profitions de chaque occasion pour les montrer à Annie. Roberte et moi, on ne pouvait lui rendre la pareille. Nous n'avons pas d'appareil. Nous n'en avons jamais voulu. On ne se photographie pas quand on ressemble à des monstres. Mais nous lui racontions la vie du mas dans de très longues lettres. Nous lui parlions de la naissance d'un chevreau, de la mort d'un vieux chien affectueux, des dégâts causés par les derniers orages, de la découverte d'un rond de sorcière à trois cents mètres de chez nous. On lui rappelait le goût des arbouses, des truites pêchées dans le ruisseau, des châtaignes grillées dans la braise.

On lui racontait ces choses sans importance qui font qu'on se réveille chaque matin en se disant qu'on est heureux malgré les handicaps, les soucis financiers, cette décrépitude qui rouille nos membres, nous rendant plus fragiles et plus lents.

On lui parlait d'Annie, aussi.

On lui parlait toujours d'Annie.

Parce qu'on savait qu'il le souhaitait quand bien même il ne l'a jamais demandé.

Elle, de son côté, elle prenait un air à peine intéressé quand nous lui donnions des nouvelles. Elle jetait un regard impénétrable aux photos collées dans l'album que nous laissions ouvert sur la table chaque fois qu'elle venait. Elle n'était pas dupe, mais elle ne faisait aucune remarque. Nous étions le lien tacite et subtil entre deux amoureux qui avaient dû faire leur vie chacun de leur côté par la faute d'un homme bon mais obtus, au caractère entier.

Annie avait boudé son père après le départ d'Alex. Elle avait carrément coupé les ponts, une fois mariée. Elle ne venait plus dans la vallée. Nous lui téléphonions de chez Georges quand il faisait les courses. Nous lui donnions de nos nouvelles, elle nous parlait d'elle, de son travail, mais jamais de son couple. Et puis... le temps, comme souvent, a gommé les rancunes. Un dimanche de mai, que nous n'oublierons jamais, elle nous a rendu visite, accompagnée de son époux. Georges ne savait que dire mais il était heureux, ça se voyait. Ses yeux parlaient pour lui. Nous avons passé quelques heures étranges, faites de longs silences et de regards émus. En fin d'après-midi, au moment de lui dire au revoir, il a trouvé les mots qu'il fallait pour lui donner envie de revenir.

S'être réconcilié avec sa fille avait mis de la chaleur dans sa vie.

Et dans la nôtre aussi.

Quand la douceur le permettait, nous sortions les chaises et le pastis. On bavardait un peu, on rêvassait en offrant notre visage au soleil. Le soir, après le repas pris en commun, on regardait la télé dans la cuisine de notre ami. Elle nous ouvrait une fenêtre sur le reste du monde, cette planète existant à deux pas de chez nous, si lointaine pourtant.

Nous avions ignoré les nouvelles technologies par souci d'économie plus que par choix jusqu'au jour où Roberte avait eu une sévère congestion pulmonaire.

Une de plus, pourrait-on dire. Ça n'avait rien d'extraordinaire : notre chambre n'est pas chauffée. Les rhumes, les coups de froid, on y a droit à tour de rôle. Sauf que, cette fois-ci, ma pauvre femme a failli y rester. J'ai eu si peur de la perdre que j'ai pris conscience de l'absurdité de se priver autant que nous le faisions : à quoi bon avoir un peu d'épargne si elle ne sert qu'à s'offrir un beau cercueil ?

Alors, après sa guérison, nous nous sommes payé une fantaisie qui nous tentait depuis longtemps : nous avons acheté un grand écran en couleur. Du coup, on n'allait plus chez Georges pour veiller, c'est lui qui venait. Plus tard, à force d'entendre parler d'Internet, on a eu envie de voir à quoi ça ressemblait. On a fait tirer le téléphone jusqu'au mazet puis on a acquis un ordinateur. Comme nous étions ses seuls clients, le vendeur a pris le temps de nous apprendre quelques rudiments. Georges a essayé de s'y mettre, lui aussi, mais il a vite renoncé. Il trouvait que c'était trop compliqué. En fait, ça ne l'intéressait pas.

Alex a été bien surpris le jour où nous avons pu lui donner notre e-mail. Nous avons communiqué plus souvent, alors. Il a pu nous envoyer davantage de photos.

Il n'est pas resté longtemps, ce samedi. Il est reparti peu après nous avoir ramenés de chez le notaire, mais on avait compris, Roberte et moi, qu'on n'attendrait pas trente ans avant de le revoir.

Il nous a suffi de remarquer les regards qu'il échangeait avec Annie. Sans doute ne le sait-il pas encore mais sa vie, sa future vie, elle est ici.

Dans la vallée. Nous en sommes certains !

IX

Le regard d'Alex passait tour à tour de Guillaume à Mylène, une jeune Lilloise charmante et sympathique. « Ils forment un beau couple. Comme leur mère et moi, au tout début. »

Le repas terminé, ils prirent le café sur la terrasse, face au jardinet fleuri que Danielle entretenait avec soin. Il faisait nuit. La discussion était agréable et paresseuse. Inévitablement, elle s'orienta sur la visite d'Alex.

— Alors, papa ? Qu'est-ce que ça fait d'hériter d'un domaine ?

— Ça fait une quarantaine d'années que je suis propriétaire d'une moitié de cette vallée, Guillaume. Tu le sais bien.

— Mais ce testament ? Ton cousin t'a laissé quelque chose ? Un supplément dont je pourrai profiter à mon tour ?

— Ne te fais pas d'illusions, Brutus ! Il avait juste écrit une lettre à mon intention. Quelques mots de regrets. Ça m'a surpris, mais pas déçu. Je me suis rendu à cette convocation par curiosité plus que par intérêt. J'avoue que j'avais aussi envie de revoir ce domaine.

« Ce qu'elle était devenue, surtout. »

— Que vas-tu faire maintenant que ton cousin n'y est plus ?

— Comme je disais à ta mère avant que vous arriviez, je n'y ai pas vraiment réfléchi. Les étrangers qui achètent les vieilles masures cherchent rarement l'isolement. Ils privilégient les maisons de village ou de proximité. Notre vallée est loin de tout ; c'est le bout du monde. Elle ne peut même pas intéresser un paysan : le mas menace ruine et la terre est si pauvre qu'elle ne mérite plus qu'on la travaille.

— J'ai toujours été étonné que tu sois fâché avec le seul parent qui te restait, surtout en sachant qu'il t'avait recueilli quand tu t'es retrouvé orphelin.

— Je ne pensais pas que ça te posait problème ?

— Je ne m'en suis jamais soucié, papa, mais ça m'intrigue.

Alex jeta un bref regard à son épouse. Cette histoire datant de plus de trente ans, elle ne pouvait plus avoir le même impact qu'au début de leur mariage. D'un autre côté, Guillaume pouvait comprendre qu'il avait aimé une autre femme que sa mère.

— Tout d'abord, il convient de savoir que nous n'étions cousins qu'au neuvième ou dixième degré, Georges et moi. Nous n'avions plus aucune consanguinité mais dans le monde paysan, à cette époque encore, on se prétendait parents aussi longtemps qu'on se côtoyait. C'est sans doute à cause de ce pseudo-cousinage qu'il a si mal réagi le jour où il nous a surpris en train de nous embrasser, Annie et moi.

— Annie, c'était sa fille ?

— Oui. On a grandi ensemble. Il y a toujours eu une entente parfaite entre nous et comme nous n'avions que deux ans de différence… forcément… nous avons fini par tomber amoureux. Nous étions très discrets, bien entendu. Nous savions que notre relation choquerait ses parents. Mais il y a eu cette pénible scène avec son père. Il a piqué une telle colère que vivre ensemble n'était plus possible. Heureusement, je venais d'avoir mon bac, ce qui m'a permis de poursuivre mes études à Montpellier et d'y rester. Je n'avais plus remis les pieds dans la vallée jusqu'à ce jour.

— Ça a dû être émouvant de retourner dans la maison de ton enfance.

— Plutôt, oui. Le mas était déjà dans un triste état quand je suis parti mais les terres étaient cultivées, et le chemin entretenu. Ce matin, c'est un domaine à l'abandon que j'ai retrouvé. Mais ce qui m'a le plus touché a été de revoir les fantômes. Ça m'a vraiment fait plaisir.

— Il y a des fantômes ? s'enquit Mylène en fronçant comiquement le front.

— Mais oui ! Au moins deux. Roberte et Marius. Un couple d'enfer !

Amusé par l'air perplexe de la jeune fille, il expliqua :

— C'est le surnom qu'Annie et moi avions donné aux ouvriers agricoles de nos parents. On les a appelés ainsi parce qu'ils allaient se cacher les rares fois où nous avions de la visite.

— Ce sont de grands timides, si je comprends bien.

— Ce sont surtout deux pauvres déshérités. Je pense que vous devriez vous forcer à l'indifférence si vous les rencontriez. Roberte et Marius sont des enfants de l'Assistance. Ils se sont connus à l'orphelinat. Ils sont unis par de vrais sentiments, mais ce qui les a rapprochés dans un premier temps sans doute, c'est… comment dire… leurs malformations. À l'époque, Roberte avait les dents de la mâchoire supérieure si longues et implantées si bizarrement qu'elles lui sortaient de la bouche. Il était difficile de la regarder sans avoir envie de rire. Je m'en souviens encore, alors que j'avais à peine six ans quand on les a connus. Elle les a fait arracher avec leurs premières économies. Elle porte un dentier depuis, ce qui lui donne un visage normal et a réglé la moitié de son problème.

— La moitié seulement ?

— En effet. La pauvre a les jambes tellement arquées qu'elle a une démarche de canard. Quant à Marius, il est défiguré par un énorme angiome. Ces disgrâces expliquent sans doute qu'ils aient été abandonnés. Ils n'ont jamais parlé de leur séjour à l'orphelinat, mais on imagine volontiers les moqueries, les brimades peut-être. Quand Marius a eu l'âge de partir, Roberte s'est enfuie avec lui. Ils ont erré sur les routes, se cachant pour se soustraire aux recherches. Ils volaient de quoi se nourrir dans les champs, ils grappillaient ce qu'ils pouvaient. Un jour de marché, à Ganges, ma cousine Geneviève et ma mère ayant fait de bonnes ventes, elles avaient pris un verre à la terrasse d'un bar. Elles regardaient les forains qui démontaient leurs étals quand elles ont remarqué ces deux mendiants qui fouillaient dans les déchets abandonnés par les marchands de fruits et de légumes. Ils avaient l'air si misérables qu'elles en ont eu pitié. Elles les ont abordés et ont engagé la conversation avec eux, ce qui ne fut pas facile. En fin de compte, elles les ont ramenés au mas afin de leur offrir un vrai repas. Quand les hommes ont vu l'état du couple, ils n'ont pas protesté. Ils leur ont même proposé de passer la nuit dans le paillet. Le lendemain, spontanément, Roberte et

Marius les ont aidés à s'occuper des animaux. Compatissants, Georges, mon père, et le papé ont convenu de leur donner l'hospitalité quelques jours de plus en échange de leur travail. Pour finir, nos familles se sont prises d'affection pour ces pathétiques vagabonds. Ils les ont installés dans un mazet situé à proximité du mas. C'était au début des années 70, la terre rapportait encore. Ils les ont déclarés comme ouvriers agricoles, ce qui a permis à cette pauvre Roberte de se faire poser un dentier.

— Vos parents étaient de braves gens.

— C'est vrai, Mylène, mais les fantômes les ont largement remerciés de leur générosité. Ils n'ont jamais compté leurs heures. Cela dit, et ce n'est pas rien compte tenu des circonstances, ils ont trouvé avec nous bien plus qu'un toit ou qu'un emploi : une famille. De plus, l'isolement du mas leur a apporté une réelle sécurité. Le monde leur faisait peur, à cette époque. Ils avaient tant souffert des moqueries qu'ils disparaissaient dès que nous avions un visiteur. D'où ce surnom de fantômes que nous leur avions donné sans méchanceté.

— C'est une histoire émouvante, murmura la jeune fille, touchée.

Elle lança un long regard à son compagnon qui saisit le message.

— Papa ?

— Oui ?

— Cette vallée, tu m'en as parlé plus d'une fois, mais je ne la connais toujours pas. Quand nous la feras-tu découvrir ?

Alex sourit largement, ravi.

— Dimanche prochain ?

X

IL CONDUISAIT PRUDEMMENT. Deux voitures pouvaient se croiser sur l'étroite départementale à condition que chaque automobiliste tienne sa droite, ce qui n'était pas toujours le cas. Plus d'un touriste, chaque année, se trouvait face à face avec un autre véhicule pour n'avoir pas respecté cette élémentaire précaution. Huit kilomètres après Sumène, il ralentit pour prendre le chemin menant à la vallée.

— Accrochez-vous. Ça va secouer.

— Oups !

Danielle avait poussé un petit cri, surprise, avant d'éclater de rire. Un cahot brutal l'avait soulevée de son siège. Elle aurait cogné le plafond sans la ceinture de sécurité.

— Tu as raison. C'est une vraie catastrophe.

Il posa sa main droite sur la cuisse de sa femme et la pressa légèrement. Elle tourna la tête vers lui. Elle avait le sourire crispé. Il se demanda si c'était à cause de l'état de la chaussée ou de la perspective de rencontrer cette Annie qui avait éveillé sa jalousie, autrefois. Désireux de créer un effet de surprise, il stoppa avant le col et invita ses passagers à descendre.

— Venez voir.

Ils le suivirent jusqu'à ce que le grandiose panorama s'offre à eux. Le fond de la vallée n'était pas encore visible, mais Guillaume et son amie eurent le souffle coupé par le splendide spectacle des montagnes qui s'emboîtaient à l'infini.

— C'est magnifique ! convint son fils, subjugué.

— Je comprends que vous aimiez cette région, renchérit Mylène. On se croirait dans un pays de légende ! En plus, il paraît que c'est le paradis des amateurs de champignons.

— En effet. Selon les coins, on trouve des cèpes, des girolles, des mousserons, des coulemelles. On y allait en famille, le dimanche. On rentrait sales et tout égratignés, mais les sacs pleins. Nos mères vendaient l'essentiel de nos cueillettes au marché. C'était un profit important.

— Il faudra qu'on revienne alors. Je n'ai jamais eu l'occasion de ramasser des champignons.

Devant l'air étonné de ses futurs beaux-parents, elle leur rappela, amusée :

— Je suis une fille des plaines nordiques !

— C'est entendu, les enfants. Cet automne, je vous ferai découvrir les bons coins. Avec un peu de chance, on verra même des ronds de sorcière. Ils ne sont pas rares par ici.

— Qu'est-ce que tu appelles rond de sorcière, papa ?

— C'est un ensemble aligné de façon à former un cercle. Il commence par un champignon qui étend son mycélium autour de lui. L'année suivante, un nouveau champignon pousse à l'extrémité de chaque racine, ce qui donne un anneau. Comme les filaments s'éloignent chaque année si aucun cueilleur ne vient chambouler leur croissance, les ronds deviennent de plus en plus grands. J'en ai vu qui faisaient cinq à six mètres de diamètre.

Il montra le bloc qui émergeait des fourrés, plus en avant, sur leur droite.

— Ce roc, c'était notre observatoire. On s'y asseyait souvent pour admirer la vallée, Annie et moi. Quand ils étaient cultivés, les champs donnaient une impression d'opulence. C'était trompeur car le rendement agricole a toujours été médiocre sur ces mauvaises terres. Mais c'était beau. Ils changeaient de couleur au gré des saisons. Lorsque les épis étaient mûrs, chaque parcelle semblait couverte d'or, comme dans les poésies.

— En tout cas, la chaussée ne donne pas une impression d'opulence, elle, fit remarquer Danielle que l'allusion à Annie avait irritée. La commune n'assure aucun entretien ? Un coup de bulldozer de temps à autre ne ferait pas de mal.

— Elle n'a pas les moyens de posséder un tel engin. De toute façon, comme ce chemin est privatif, c'est aux propriétaires du mas de s'en occuper. Il est évident que mon cousin a négligé de le faire, ces dernières années. Sans doute parce qu'il arrivait toujours à passer avec sa vieille camionnette. Si les prochains épisodes cévenols sont sévères, la circulation deviendra carrément impossible.

— Les épisodes cévenols, ce sont ces orages d'automne ?

— Oui, Mylène. Certaines années, ils sont modérés et font peu de dégâts : ils ne laissent que quelques nids-de-poule à combler. Mais ils sont parfois si violents qu'ils creusent la terre et provoquent des éboulements un peu partout. Il faut remonter des murets, remblayer, aplanir les chaussées. C'est un travail dur et fastidieux que nos parents et Marius faisaient avec l'aide du mulet dans les années 60, puis avec un tracteur qui rouille devant la ferme, aujourd'hui.

Il montra la voie défoncée.

— Vous comprenez pourquoi ce domaine serait difficile à vendre ? À elle seule, la remise en état du chemin coûterait une petite fortune. Allons, venez voir comme le mas est beau malgré son triste état.

Arrivé au niveau du col, son fils ne put s'empêcher d'émettre un long sifflement admiratif.

— Tu as raison, papa. C'est un vrai paradis !

— Une vallée perdue, renchérit son amie, c'est effectivement le nom qui lui convient le mieux. Elle me fait penser à un repaire servant de refuge à une poignée d'exilés fuyant les conflits ou les épidémies.

— Ce fut le cas si on en croit les historiens locaux. Le mas aurait été construit sur les ruines d'une bâtisse plus ancienne qui fut incendiée lors de la guerre des camisards. Plusieurs familles de protestants auraient vécu cachées là, à l'abri des massacres, jusqu'à ce qu'un des leurs les trahisse.

Alex les laissa admirer son domaine, déçu de ne pas apercevoir la voiture d'Annie. Il montra le grand corps de ferme.

— Comme vous voyez, il y a deux logements identiques. Georges et les siens occupaient celui de gauche et mes parents celui du centre. Après, il y a la grange. La bicoque qui se trouve à l'écart, sur la droite, c'est celle des fantômes.

— On dirait une maison de poupée, s'extasia Mylène.

— Elle n'est pas grande, en effet. Il n'y a guère plus de trente mètres carrés entre la cuisine située au rez-de-chaussée et la chambre. Georges et mon père ont tiré une ligne électrique depuis le mas, ce qui permet d'éclairer et de faire fonctionner une pompe qui amène l'eau du puits. Quant aux W-C, ils se vident dans une fosse septique, comme ceux de la ferme.

— C'est… spartiate.

— C'est vrai. Roberte et Marius vivent comme au début du XXe siècle mais ils ne déménageraient pour rien au monde. Ils sont tranquilles ici, c'est ce qui leur importe.

Guillaume montra l'antenne râteau.

— Au moins, ils ont la télévision.

Alex rit de bon cœur.

— Ça, c'est toute une histoire ! Nous avions fait une récolte de champignons si exceptionnelle, vers la fin des années 70, que Geneviève en avait obtenu une belle somme. Comme elle avait envie d'avoir la télé, elle a convaincu son mari de faire cette dépense. Il est revenu de Ganges, un jour, avec un poste noir et blanc. La couleur, c'était encore trop cher pour nous. Un de ses camarades, qui s'y connaissait, l'a aidé à installer l'antenne sur le toit. Quand ils sont redescendus, on s'est agglutinés devant le récepteur, tout excités. On avait le sentiment que le monde moderne allait enfin entrer chez nous. Vous pouvez imaginer notre déception lorsque l'écran n'a montré que des parasites. Tous les regards se sont tournés vers l'ami de Georges, accusateurs. Le pauvre est devenu tout rouge. Il est remonté sur le toit pour vérifier son installation. Sans résultat. Georges est retourné à Ganges furieux, convaincu d'avoir acheté un récepteur ne fonctionnant pas. Le vendeur a branché l'appareil dans son magasin pour prouver qu'il n'était pas en cause, ce qui n'a pas calmé le cousin pour autant. Pour éviter un scandale, le commerçant a accepté de se déplacer. Il pensait que l'antenne était mal installée mais il a vite compris que les montagnes qui nous entourent dévient les ondes radio. Il a fallu monter le râteau jusqu'ici pour avoir une bonne réception, d'où une dépense supplémentaire que Georges a difficilement digérée. Annie, sa mère et moi, on s'est fait tout petits pendant quelques semaines. On ne discutait pas quand il prétendait, de très mauvaise foi bien entendu, qu'un programme n'était pas fait pour nous, même s'il s'agissait d'un dessin animé. Heureusement, il a fini par se calmer et nous avons pu passer nos soirées devant l'écran, en compagnie des fantômes.

— Ces fantômes, papa… notre visite ne va pas les gêner ?

— Au contraire, elle leur fera plaisir. Ils ne vous considéreront pas comme des étrangers. On peut même dire qu'ils t'ont vu grandir, Guillaume, par le biais des photos que je leur ai régulièrement envoyées. Par ailleurs, j'en ai dressé un portrait peu engageant pour vous éviter d'être surpris quand vous les rencontrerez, mais ils ne sont pas si rebutants que ça. Surtout, ils sont d'une gentillesse qui n'a d'égale que leur discrétion. Ils viendront nous saluer, puis ils disparaîtront aussi vite.

— En tout cas, le cadre est remarquable, répéta Mylène, conquise.

— Quand nous étions gamins, ça nous plaisait d'imaginer que nous vivions dans un endroit secret, que nous étions seuls à connaître. Une fois adolescents, par contre, nous aurions souffert de cet isolement s'il n'y avait eu le collège, puis le lycée qui nous permettaient d'avoir des amis.

— Vous y alliez comment ?

— Nous prenions le car au niveau du croisement. Nous ne profitions de la vallée que le week-end et durant les vacances, mais nous étions heureux.

Il eut un sourire nostalgique. Il aurait pu parler des chambres sans chauffage, des douches à l'eau froide, de l'électricité qu'il fallait économiser, des vêtements achetés au marché aux puces de Montpellier. Mais une telle description aurait semblé plus misérabiliste qu'elle ne leur paraissait alors. Comment faire comprendre à son fils – qui avait grandi dans l'aisance – qu'ils n'avaient pris conscience de leur pauvreté qu'au lycée, quand ils avaient côtoyé des enfants de notables et de commerçants, qui possédaient un cyclomoteur, qui disposaient chez eux d'une chaîne hi-fi, d'une télévision couleur, du téléphone ?

Il se secoua, s'efforçant de retrouver un ton enjoué.

— Allons ! En voiture ! Vous constaterez que, de près, malheureusement, le mas semble encore plus délabré.

Malgré lui, au moment de démarrer, il jeta un rapide coup d'œil dans le rétroviseur, espérant apercevoir la Citroën d'Annie. Déçu, il alla se garer devant l'appartement de ses parents. Il tira avec peine la vieille porte voilée par les intempéries puis il ouvrit les fenêtres et les volets, laissant la lumière entrer généreusement.

— Quelle misère ! ne put s'empêcher de juger Mylène. C'était pareil chez votre cousin ?

— Oui. Je reconnais que ça paraît sordide aujourd'hui, mais en ce temps-là il nous semblait normal de vivre ainsi.

Danielle et le jeune couple détaillèrent avec une certaine commisération l'aspect lamentable des lieux. Le sol était fait de dalles de calcaire irrégulières. Le plâtre des murs tombait par plaques, rongé par l'humidité. Le plafond était fait de grosses poutres et de chevrons supportant le plancher de l'étage. La cheminée noircie par la suie contenait un reste de cendre.

— J'ai l'impression d'avoir fait un saut dans le temps, jugea la jeune fille qui ouvrait de grands yeux. De voir une scène de film. C'est vraiment surprenant. Dommage que les meubles soient si poussiéreux. Ils ont du caractère.

— Tu trouves ?

— Tout à fait. Ils seraient superbes s'ils étaient nettoyés et cirés. Ils se vendraient un bon prix chez certains brocanteurs.

Danielle approuva avec un sourire de connivence.

— Tu as raison. Il suffirait d'un peu d'encaustique et d'huile de coude pour qu'ils fassent le bonheur d'un jeune couple.

— Je ne pensais pas à ça, se récria Mylène en rougissant.

Amusé, Alex ne fit aucun commentaire. Il ouvrit la porte qui donnait au nord.

— Là, c'était le cellier.

Il appuya machinalement sur l'interrupteur situé à droite. À sa grande surprise, l'ampoule nue suspendue à une poutre s'alluma, jetant une pauvre lumière tamisée par une épaisse couche de poussière.

— Quand j'étais gosse, j'avais un peu peur d'y entrer.

Il éteignit, il referma la porte et montra l'escalier.

— Il y a deux chambres à l'étage.

Ils firent le tour des pièces meublées toutes deux d'une armoire, d'un lit à rouleaux pourvu d'un sommier tapissier et d'un matelas de laine à bourrelets. Ils gagnèrent ensuite le grenier qui coiffait l'ensemble de la construction. Il était coupé en deux par le mur maître qui séparait les appartements, mais une large ouverture permettait de passer d'une moitié à l'autre.

Il était sombre et encombré. Les volets à demi pourris laissaient entrer une lumière chiche.

— Il y aura un sacré ménage à faire, là aussi.

— Les vieux avaient le don d'accumuler les cochonneries, jugea Danielle.

— Ils vivaient à une époque où tout coûtait cher. Où on ne jetait rien. On détordait les clous pour les réutiliser, le moindre bout de ficelle ou de fil de fer était récupéré sous prétexte qu'il pouvait servir un jour.

— C'était le cas ?

— Pas vraiment. Les paysans ne retrouvaient pas toujours ce qu'ils cherchaient dans leur fatras. Mais cette accumulation les rassurait. Mon père et Georges raisonnaient comme leurs ancêtres : « Ça peut toujours servir. » Combien de fois ai-je entendu cette phrase quand j'étais gamin.

Le grognement d'un estomac lui fit prendre conscience de l'heure.

— Occupons-nous des grillades. Nous ferons le tour des terres après manger.

Ils sortaient de l'habitation quand Guillaume l'attrapa par la manche.

— Papa, murmura-t-il entre ses dents.

Alex suivit la direction de son regard.

— Les fantômes. Je vais vous présenter.

XI

PENDANT QU'ALEX ALLUMAIT un feu entre de grosses pierres disposées au milieu de la cour, Guillaume et Mylène sortirent du coffre une grille, un sac de charbon de bois, la viande, le pain et les boissons. Ils partagèrent leur repas avec Roberte et Marius qui, intimidés, ouvrirent à peine la bouche. Le déjeuner terminé, Roberte insista pour emporter les couverts afin de faire la vaisselle.

— Ils ont effectivement un aspect... surprenant, murmura Guillaume en regardant le couple s'éloigner. Mais ils respirent la gentillesse.

— C'est vrai, renchérit sa compagne. Ils sont adorables.

— Vous comprenez pourquoi nos familles les ont si vite adoptés, conclut Alex, et pourquoi, alors que nous étions enfants, Annie et moi, nous nous sommes pris d'affection pour eux.

Il tapa joyeusement dans ses mains et se leva.

— Que diriez-vous de découvrir les environs ?

Il leur fit faire le tour du domaine en commençant par le ruisseau courant derrière le bâtiment.

— Voilà le Recodier. Il se jette plus loin, dans le Rieutord qui traverse Sumène.

— C'est profond ! s'étonna Mylène. On se demande comment si peu d'eau a pu creuser une telle ravine.

— Ici, en automne surtout, les orages sont souvent très violents. Ce filet peut devenir un torrent en quelques heures à peine.

— Le mas peut être inondé ?

— De mémoire d'homme, ça n'est jamais arrivé. Ce ruisseau déborde parfois, mais plus bas, là où il est grossi par d'autres affluents.

Alex prit son fils par le bras.

— Je te réserve une surprise.

Il contourna la bâtisse, ses visiteurs sur les talons.

— Je ne sais pas si tu t'en souviens, Guillaume, mais, lorsque nous avons enterré le père de maman, tu m'avais demandé où étaient mes ancêtres.

— En effet, et comme tu m'avais répondu « dans les Cévennes », sans plus de précisions, j'en avais conclu qu'il s'agissait d'un endroit mystérieux et lointain.

Alex montra les terrasses de droite.

— Leurs tombes sont là-haut. On y va ?

Ils le suivirent, intrigués, jusqu'à un enclos fermé par une barrière de bois peinte en blanc, qui contenait une demi-douzaine de stèles. Le cimetière était propre mais dépourvu de céramiques et de couronnes.

— Ce sont les fantômes qui l'entretiennent depuis le décès de Georges. Il repose ici, auprès de son épouse. Là, ce sont mes parents.

Il montra une plaque de marbre gris sur laquelle deux noms étaient gravés en lettres dorées. Son fils lut à mi-voix :

— Martine Montell, 14 janvier 1942-18 août 1974, et Daniel Montell, 8 décembre 1939-18 août 1974.

— Nos ancêtres sont là, Guillaume. Du moins ceux qui sont morts dans la vallée.

— Comment se fait-il que vous ayez des tombes sur votre terrain ? s'étonna Mylène. Ce n'est pas interdit ?

— Pas du tout. Au contraire. À une certaine époque, c'était inévitable. Il faut se souvenir que le protestantisme a longtemps été combattu par la royauté.

— C'est vrai. Les guerres de Religion.

— Oui. Elles ont déchiré le pays pendant des décennies. Quand l'édit de Nantes a été révoqué, les hérétiques, comme on disait alors, enterraient leurs morts dans leurs champs, de nuit et clandestinement. Plus tard, ils ont pu le faire sans avoir à se cacher. On a vu apparaître des cimetières protestants dans certaines grandes villes comme Montpellier. Les cimetières protestant et catholique étaient parfois situés en un même lieu, mais séparés par un mur. Les cimetières familiaux comme celui-ci ont tendance à disparaître, à présent.

— Ils doivent poser problème quand on vend un terrain.

— Tout dépend de leur emplacement. Quand ils sont en bordure d'une terre, comme ici, il suffit de les dissocier de la propriété.

Guillaume eut un sourire amusé.

— Si ça se trouve, papa, maman, vos ancêtres se sont fait la guerre !

Danielle eut un petit rire.

— Ils se sont manqués alors, puisque nous voilà !

— J'y pense… je ne me suis jamais posé la question… vous vous êtes mariés où ? Au temple ou à l'église ?

— À la mairie seulement. C'était plus simple.

En fin d'après-midi, tranquillement assis devant le mas, ils regardèrent le soleil couler derrière les montagnes, éclaboussant le ciel doré.

— Quelle paix ! apprécia Guillaume qui vivait dans un quartier animé de Montpellier. Pas de bruit, pas de voitures, pas de télés qui hurlent.

Il se tourna vers sa compagne.

— L'endroit idéal pour se ressourcer en été. Qu'en penses-tu ?

Alors qu'elle lui répondait par un large sourire, il interpella gaiement son père :

— Tu nous laisserais les clés ?

— Bien entendu. L'idée que cette vallée revive, ne serait-ce que le temps des vacances, ça me ferait plaisir.

— Formidable, papa ! Je nous y vois déjà ! Et toi maman ? Qu'est-ce que tu en dis ? Puisqu'il y a deux chambres, ce pourrait être sympa de se retrouver là ?

Danielle hésita. L'enthousiasme de son fils l'amusait, mais la perspective de croiser cette Annie lui déplaisait. Elle n'avait pas aimé la lumière qui éclairait les prunelles de son époux lorsqu'il était revenu de chez le notaire. Elle ne voulut pas jouer les rabat-joie, cependant.

— Nos vacances de cette année sont déjà programmées. Nous verrons l'an prochain.

D'un léger mouvement de la tête, Mylène montra les fantômes assis devant leur maisonnette.

— Ils font pitié, les pauvres. Je ne parle pas uniquement de leur physique. C'est leur attitude qui me fait de la peine : cette peur de gêner donne une idée de la souffrance qu'ils ont dû endurer toute leur vie.

— Durant leur jeunesse seulement, rectifia Alex. Ça fait presque un demi-siècle qu'ils vivent en paix, ici.

— De nos jours, la médecine pourrait sûrement faire quelque chose pour eux.

— Malheureusement non. L'angiome de Marius est inopérable. En ce qui concerne les jambes arquées, l'orthopédie corrige facilement ce problème chez les enfants, mais il est bien trop tard pour Roberte. Quoi qu'il en soit, vous comprenez pourquoi ils ne quitteront jamais cette vallée. Leur permettre de finir leurs jours ici, c'était le plus beau cadeau que Georges pouvait leur faire. C'était un type obtus mais avec le recul je dois admettre que c'était également un brave homme. Quant à ce mas, puisqu'il vous plaît, vous pourrez y venir aussi souvent que vous le souhaiterez.

— Si je comprends bien, tu as l'intention de laisser ce bâtiment se dégrader jusqu'à ce qu'il s'écroule ? fit remarquer Danielle, fielleuse.

— Nous en avons déjà parlé. Il faudrait que nous soyons tous d'accord pour le vendre : Annie, les fantômes et moi. Mais quand bien même ! Qui voudrait s'enterrer dans ce trou ?

— Il y a toujours des étrangers qui recherchent ce genre de masure, Alex. Depuis les années 70, certains ont acheté et réhabilité des villages entiers pour y passer leurs vacances ou leur retraite.

Il ne répondit pas. La perspective de se séparer de son héritage ne lui plaisait décidément pas. « On ne vend pas ses souvenirs. »

— Je ne sais pas ce qu'il en est de ta… cousine, mais les deux vieux ont l'air conciliants. Je suis sûre qu'en faisant valoir l'intérêt général…

— Je ne leur demanderai jamais ! Je serais le dernier des salauds si je faisais pression sur eux !

La repartie agressive jeta un froid. Danielle se ferma, morose. Pour rompre le silence embarrassé, Mylène déclara avec une jovialité un peu forcée :

— Tout de même, c'est bien dommage qu'il soit dans cet état. Si ce mas était restauré, il ferait un gîte magnifique. Le Gîte de la vallée perdue, ce serait sympa comme nom.

XII

LES SEMAINES PASSÈRENT. Les mois ensuite. Leur enthousiasme retombé, Guillaume et Mylène avaient oublié la vallée. De son côté, Alex avait retrouvé sa vie routinière, mais non sa tranquillité d'esprit. Annie l'obsédait à présent. L'image de la femme épanouie avait remplacé celle de l'adolescente gracile de sa jeunesse. Début décembre, espérant la revoir, il avait profité d'un samedi pluvieux, qui avait contrarié leurs projets de sortie, pour proposer à Danielle d'aller faire du tri dans le logement de ses parents. Elle n'avait pas souhaité l'accompagner. Il avait donc quitté Montpellier en début d'après-midi, emportant quelques provisions et de quoi passer la nuit au mas. Il avait fait le trajet avec impatience, pressé d'arriver. Il s'était garé devant le bâtiment, déçu de ne pas apercevoir la C4.

« Qu'est-ce que tu croyais, espèce d'imbécile ! Qu'elle devinerait que tu allais venir ? Précisément ce jour-ci ? Après des mois de silence ? Sans compter qu'elle travaille, le samedi ! »

La pluie avait épargné la vallée mais le ciel était bas, tristounet. Les oiseaux se taisaient. La nature semblait éteinte. Le vent, modéré, faisait frémir l'herbe jaunie. Il frissonna en dépit de son épaisse veste. Décembre s'annonçait glacial.

« Le temps idéal pour faire un bon feu, en effet », pensa-t-il en remarquant la fumée s'échappant de la cheminée du mazet.

Il rejoignit les fantômes qui l'avaient vu arriver et l'attendaient, serrés l'un contre l'autre, sur le seuil de leur bicoque. Ils l'accueillirent avec une chaleur qui lui fit oublier sa déception. Il sortit les victuailles de son sac en dépit des protestations de Roberte.

— J'avais prévu de faire un tour dans l'arrière-pays avec Danielle, mais cette grisaille nous en a ôté l'envie. D'un autre côté, passer le week-end devant la télévision ne me disant rien, je suis venu faire un peu de ménage. Je mettrai tout ce qui est à jeter dans la camionnette, comme ça Marius, si ça ne t'ennuie pas…

— J'irai à la déchetterie dans la semaine, pas de problème. Tu veux que je t'aide à faire le tri ?

— Volontiers. J'aurai effectivement besoin de toi pour sortir les literies et le canapé. Je t'appellerai à ce moment-là.

Il anticipa l'invitation de Roberte :

— Je prendrai mes repas avec vous, c'est promis.

Il se détourna pour gagner le logement de ses parents. Il jaugea avec dégoût l'amoncellement de saletés encombrant la cour.

« Quel dépotoir ! Il ne manque que le tas de fumier et la fosse à purin ! »

Il jeta un coup d'œil machinal au pare-brise quand il passa devant la camionnette. Les macarons collés dataient de plusieurs années.

« Plus d'assurance, pas de contrôle technique, des pneus usés jusqu'à la trame… le cousin aimait prendre des risques ! »

Il rentra dans sa cuisine, il ouvrit en grand la porte et les fenêtres, puis il commença à trier les antiquailles oubliées là depuis la mort de ses parents. Il les entassa sur le plateau de la 403, il se fit aider par Marius pour y ajouter les matelas et les sommiers moisis, ainsi que le canapé fatigué.

Il déjeuna avec le couple puis, après l'inévitable mais excellent café, il monta au grenier, retrouvant avec émotion l'odeur de vieillerie avivée par l'humidité.

« Il faudra voir avec Annie », estima-t-il devant le tas d'objets qui dormaient là depuis plusieurs générations.

Il y avait du mobilier terni par la poussière mais en très bon état, des malles de bois recouvertes de cuir ou de tissu, divers objets en cuivre et en étain, des lampes à pétrole, des livres, de la quincaillerie rouillée. Il ouvrit des coffres, il fouilla sans but précis dans l'amas hétéroclite, retrouvant son âme d'enfant. Il se souvint des jours de pluie qu'Annie et lui avaient passés dans cet espace étrange, jouant aux explorateurs, échangeant de longs baisers plus tard, faisant l'amour ensuite. Il fut surpris de la vitesse à laquelle le temps avait filé quand il quitta le grenier. L'obscurité s'épaississait.

Il dîna avec le couple, puis il récupéra le matelas pneumatique et le chaud duvet qu'il avait apportés. Le lendemain matin, son petit déjeuner avalé, il se promena dans la forêt, retrouvant avec plaisir les sentiers de son enfance.

Vers les 15 heures, frustré par l'absence d'Annie, il regagna Montpellier, sa villa si coquette, son ennuyeuse existence. Il termina la soirée devant la télévision, en compagnie de son épouse silencieuse. Plus tard, allongé dans l'obscurité, il écouta la légère respiration de la femme qui dormait en lui tournant le dos. Elle le touchait presque, elle était nue. Il lui aurait suffi d'étendre le bras pour l'enlacer.

Il n'en avait pas envie.

« Comment est-ce possible ? se demanda-t-il à nouveau, attristé. J'ai aimé cette femme, sa façon de rire, de parler, de s'habiller. J'ai aimé l'embrasser, la caresser et lui faire l'amour. Elle n'a pas changé. Elle a mûri, mais elle est toujours aussi belle. Alors pourquoi une telle indifférence ?

Comment se fait-il que les sentiments soient si volatils ? Que le temps puisse les émousser à ce point ? »

Quand le temps était doux, le dimanche après-midi, ils quittaient Montpellier, Danielle et lui. Ils parcouraient les sentiers sillonnant les étangs, ils pique-niquaient sur une plage : Palavas, Carnon ou La Grande-Motte. Ils retournaient voir les sites et les villages admirables de l'arrière-pays : Navacelles, La Couvertoirade, Saint-Guilhem-le-Désert... des lieux qu'ils avaient visités à maintes et maintes reprises, qu'ils connaissaient par cœur.

« Nous avons les loisirs d'un couple qui s'ennuie, constatait-il, mélancolique. On se parlait beaucoup avant. De choses insignifiantes sans doute, mais au moins avions-nous quelque chose à nous dire. On riait de petits riens, on se promenait main dans la main. La vie nous semblait belle. »

C'était avant.

Avant que leur tendresse s'étiole.

Le seul piment – pitoyable – de son existence, c'étaient ces rendez-vous adultérins qu'il avait de temps à autre avec Agnès, sa maîtresse, et qui leur permettaient, à tous deux, de mettre un peu de couleur dans leur vie. Il se demandait parfois si une sérieuse crise ne serait pas le meilleur moyen de ranimer les braises de son couple.

« Lui dire que j'ai une liaison ? Remettre notre mariage en question ? Envisager une séparation ? »

Ces questions lui polluaient l'esprit quand, chaque soir, couché à côté de son épouse, il réalisait que c'est l'image d'une autre femme qui, à présent, nourrissait ses fantasmes.

Sans doute se serait-il décidé à évoquer son mal-être si un souci plus dommageable n'avait accaparé ses pensées : sa société allait très mal. Du fait de ses fonctions, il était bien placé pour savoir que les comptes étaient dans le rouge depuis longtemps, que les licenciements de février ne leur avaient laissé qu'un répit : la reprise indispensable n'avait pas eu lieu. La perspective d'une seconde restructuration ne l'aurait pas plus préoccupé qu'en février si la fragilité de son entreprise n'en avait fait une proie idéale pour un puissant rival. L'absorption de leur boîte entraînerait une inévitable redondance, des emplois en doublon. Il se trouverait alors en première ligne, comme la plupart des autres cadres.

Courant novembre, la secrétaire de direction, qui apportait le parapheur au DG, s'était arrêtée au moment de frapper à la porte de son bureau : l'homme était au téléphone et parlait avec véhémence, criant presque. Elle allait s'éloigner, par discrétion, quand la teneur de la conversation l'avait interpellée. Elle avait compris que leur rachat par un groupe concurrent était en pourparlers. Cette nouvelle l'avait tant perturbée qu'elle en avait fait part à une collègue. L'information s'était aussitôt répandue. Les jours suivants, les cadres et les employés ne parlaient plus qu'à voix basse, se jetant des regards sournois et furtifs, supputant le départ d'Untel ou d'Unetelle susceptible de préserver leur propre position.

Lorsqu'il rentrait chez lui, Alex cherchait un peu de réconfort auprès de son épouse. Leurs années de vie commune avaient certes usé leur amour, mais elles avaient créé une réelle connivence, qu'on aurait pu appeler amitié. Compréhensive, elle s'efforçait de le rassurer, arguant qu'elle ne risquait rien de son côté, que leurs charges étaient minimes, qu'ils n'avaient aucun crédit en cours. Elle évoquait les vacances d'hiver qui leur permettraient de s'évader du quotidien et d'oublier ces craintes. Puis ils regardaient la télé avant de regagner leur chambre. Parfois, ils faisaient l'amour, retrouvant brièvement les élans des premières années. Elle s'endormait très vite ensuite tandis qu'allongé sur le dos, les yeux ouverts, le front plissé, il essayait de s'imaginer chômeur. À cinquante ans passés.

L'angoisse lui donnait des brûlures d'estomac.

La sécurité procurée par l'emploi de Danielle impliquait que leur vie commune perdure.

« Jusqu'à ce que la mort nous sépare ! »

Cette pensée le glaçait.

XIII

LEUR DG AVAIT LAISSÉ PASSER les vacances de décembre avant de mettre fin à l'incertitude rongeant les employés. Le visage et la voix graves, il avait officiellement annoncé le rachat de leur société lors d'une assemblée générale. Les salariés avaient beau s'y attendre, cette confirmation les avait atterrés.

Les repreneurs voulant aller très vite, les collaborateurs sacrifiés se succédèrent la semaine suivante dans le bureau de Nathalie Armingeau, la DRH chargée de leur licenciement.

Alex avait terriblement appréhendé cet instant. Pourtant, quand il reçut l'e-mail le convoquant chez sa collègue, il ressentit un certain soulagement. Lorsqu'ils sont acculés, qu'ils ont le sentiment de toucher le fond, certains s'effondrent et dépriment. D'autres réagissent avec énergie. Ce fut le cas d'Alex qui sentit une véritable rage monter en lui. Alors qu'il avait attendu cette entrevue avec angoisse et l'envie de pleurer sur son sort, il entra dans le bureau de la DRH d'un pas décidé. Ce licenciement annoncé avait réussi le miracle de réveiller l'agressivité, le tempérament batailleur du jeune homme qu'il avait été. Il s'assit avant d'y être invité et affronta le regard navré de sa collègue. Son ex-collègue bientôt, presque une amie, qui semblait attristée.

— Tu connais les raisons de cette entrevue...

La voix s'efforçait d'être à la fois ferme et bienveillante, mais il perçut le léger trémolo.

« Ton tour viendra, eut-il envie de répliquer. Quand tu en auras terminé avec ta sinistre besogne. Le pire, c'est que tu le sais. »

Elle se comportait en bon petit soldat, lucide sur son avenir, mais assumant loyalement son rôle. Il aurait agi de même à sa place. Il avait sa propre partie à jouer, cependant. Il s'y était préparé. Il posa ses coudes sur le bureau, empiétant sciemment sur le territoire de la femme pour accentuer son malaise.

— Je t'écoute.

En cet instant, ils n'étaient plus deux camarades. Ils étaient deux cadres séparés par des intérêts divergents : elle devait le licencier en ne lui accordant rien de plus que les indemnités usuelles, il devait faire monter les enchères aussi haut que possible. Elle évoqua brièvement les conditions du rachat de leur société, qu'ils connaissaient tous deux : dégraisser à tous les niveaux, en éliminant les doublons.

Il ne put s'empêcher d'ironiser :

— Je suis donc un élément graisseux.

Elle lui rendit son sourire en rougissant.

— Peu importe les termes, Alex. Tu as suffisamment d'expérience pour comprendre et accepter la logique des repreneurs. Moi-même, une fois que j'aurais exécuté cette sale mission…

Elle eut un geste fataliste, montrant qu'elle savait ce qui l'attendait. Elle serait la dernière à monter dans la charrette qu'elle contribuait à remplir. Mais elle était plus jeune que lui, son avenir n'était pas compromis.

— J'ai passé cinquante ans, dit-il pensivement, plus pour lui-même que pour elle.

Elle ne fit aucune remarque. Elle admettait qu'il aurait du mal à se recaser.

— Parlons de mes indemnités de départ, veux-tu ? Que proposent les nouveaux boss ?

Le montant prévu lui arracha un mauvais sourire.

— Même si ce n'est qu'une base de discussion, elle est dérisoire. J'occupe un poste stratégique. J'en sais plus que quiconque sur la gestion de l'entreprise. Sur les petites et grandes magouilles que j'ai dû maquiller.

— Tu as signé une clause de confidentialité quand tu as été embauché.

— Je ne l'oublie pas. Le problème, c'est qu'aucune société n'est à l'abri de fuites dont on ignore toujours l'origine.

Elle prit la menace implicite pour ce qu'elle était : une simple argutie. Elle savait l'homme trop honnête pour s'inquiéter du sous-entendu. Mais elle joua le jeu. La nouvelle direction, pragmatique, lui avait laissé une marge de négociation raisonnable, aussi tombèrent-ils rapidement d'accord sur un montant important : plusieurs dizaines de milliers d'euros.

Alex fit semblant d'espérer davantage mais il la crut quand elle lui opposa un vrai refus.

— Ils n'iront pas au-delà.

Il cessa de tergiverser. La somme proposée et son chômage lui permettraient d'envisager l'avenir avec moins d'angoisse. Il signa le protocole voulu, le visage fermé. Elle l'accompagna jusqu'à la porte et lui tendit la main, sincèrement désolée.

— Bonne chance, Alex.

— Bonne chance à toi aussi.

Il regagna son bureau sans faire attention aux regards navrés des camarades qu'il croisait. Il mit de l'ordre dans ses papiers, il rassembla ses affaires personnelles. Son remplaçant, qui occupait un poste équivalent dans la société prédatrice, devait le rejoindre en cours de semaine. Il le brieferait honnêtement sur les dossiers en cours. Ça faisait partie du deal. Puis il partirait, il s'inscrirait à Pôle emploi.

Il s'affala dans son fauteuil, pensif.

« Combien d'entre eux feront partie de la charrette ? » se demanda-t-il, attristé, en considérant ses collaborateurs qui feignaient d'être plongés dans leur travail pour éviter de croiser ses prunelles sombres.

Son regard tomba sur l'imprimante servant, entre autres, à éditer les bulletins de paie. Elle sembla l'hypnotiser. Sans qu'il comprenne pourquoi, tout d'abord. Puis le souvenir revint.

Il connaissait deux cadres qui, voici quelques années, s'étaient trouvés au chômage. Le premier, qui n'avait alors que quarante-deux ans, s'était vanté d'avoir surestimé son précédent salaire pour négocier favorablement avec son nouvel employeur. Le second, plus âgé, avait fait le contraire. Après de multiples refus, il avait accepté une baisse substantielle pour retrouver un poste équivalent à celui qu'il avait perdu.

« Si je dois en arriver là, je serai plus à l'aise si je peux prouver mes affirmations… »

Il profita de la pause déjeuner pour rester seul. Il subtilisa une douzaine de bulletins vierges. Le logiciel de paie utilisé était classique. Il le connaissait à la perfection puisqu'il l'avait lui-même paramétré. Par contre, les bordereaux de sa société étaient personnalisés. Le logo, en filigrane, était difficilement reproductible par un simple imprimeur. Il glissa les feuilles dans une chemise, puis celle-ci dans la serviette qu'il emportait parfois chez lui.

« On ne sait jamais. »

XIV

Il avait rejoint Agnès à l'hôtel habituel. Leurs rendez-vous dépendaient uniquement de sa maîtresse à présent, de sa disponibilité, car elle avait conservé son poste dans l'entreprise. Leurs retrouvailles étaient immuables. Ils s'embrassaient longuement, puis elle réglait l'alarme de son Smartphone pour avoir le temps de se doucher et d'arriver chez elle avant son époux qui, travaillant dans la grande distribution, rentrait après 21 heures. Ils se déshabillaient réciproquement avec des gestes lents et gourmands, ils faisaient durer les préliminaires puis ils s'unissaient fougueusement. Leur désir apaisé, ils bavardaient tranquillement, enlacés. Depuis le dégraissage qui avait suivi l'absorption de leur société, le devenir de leurs camarades constituait l'essentiel de leurs discussions. Il ne fut pas surpris par le licenciement de la DRH, la dernière responsable « invitée » à quitter l'entreprise.

— On la plaignait un peu jusqu'à ce qu'on apprenne qu'elle avait intégré une autre boîte presque aussitôt. On a compris qu'elle avait noué des contacts bien avant l'annonce officielle du rachat, ce qui ne l'a pas empêchée de négocier avantageusement son départ.

— C'est une maligne. Mais toi, Agnès ? Tu te sens comment ?

— Je suis soulagée d'être toujours en place, bien entendu. Mais l'ambiance reste pesante dans les bureaux. Les parties de rire pendant le déjeuner, c'est terminé. On se dit à peine bonjour le matin et au revoir le soir. Nous faisons le gros dos, bien contents d'avoir conservé nos postes. Le nouveau DG n'est pas un tendre. Il a une sacrée pression sur les épaules et il la répercute sans états d'âme. Et toi ? De ton côté ? Où en es-tu de tes recherches ?

— Ce n'est pas encourageant. Je me rends régulièrement à Pôle emploi, je consulte Internet dix fois par jour, les journaux également, bien entendu, et je multiplie les lettres de candidature spontanée. Sans résultat pour le moment !

— Ta femme ? Elle vit cette situation comment ?

— Elle me soutient, c'est bien normal, dit-il brièvement.

Il n'aimait pas parler de Danielle avec Agnès. Pour couper court, il l'embrassa longuement. Il adorait le grain de sa peau, le galbe de ses seins, le goût de sa bouche, son rire canaille aussi. L'affection qui les unissait n'était pas assez profonde pour qu'ils aient envie de vivre ensemble, mais suffisamment pour que leurs retrouvailles soient faites de tendresse. Ils sursautèrent quand retentit l'alarme du Smartphone. Elle se dégagea en soupirant.

— Le temps passe vite.

Il tendit le bras pour lui caresser la hanche.

— C'est parce qu'on est bien, tous les deux.

Elle lui sourit, puis elle gagna la salle d'eau. Il prit la suite dès qu'elle eut fini de se doucher. Lorsqu'il ressortit, elle était habillée et maquillée. Ils échangèrent un nouveau baiser.

— Je t'enverrai un texto, comme d'habitude.

Il se vêtit à son tour, pensif. Ces rendez-vous lui permettaient d'oublier, quelques heures durant, son angoissante situation. Mais ils n'effaçaient pas la nostalgie et les regrets qu'avaient ravivés ses retrouvailles avec Annie. Sa recherche d'emploi l'occupait une à deux heures par jour au maximum. Cela fait, il trompait son ennui en lisant, en rêvassant, en se posant d'inutiles questions : des questions dangereuses. Celles qui remettent en cause le fondement d'une vie. À présent qu'il passait la plus grande partie de ses journées chez lui, il réalisait que Danielle avait toujours eu plus de temps libre que lui, que rien n'aurait pu l'empêcher d'en profiter.

Certains soirs, elle tardait à rentrer sous prétexte de faire du shopping ou de prendre un verre avec une amie. Soupçonneux, il lui avait téléphoné sous divers prétextes. Elle avait répondu à chaque fois. Sans manifester la moindre surprise. Il n'avait donc rien de précis à lui reprocher, d'autant qu'elle se comportait en épouse modèle : elle était solidaire, disposée à réduire leur train de vie.

— On vendra une des voitures s'il le faut et nous passerons nos vacances en VVF. Tant pis pour les voyages à l'étranger. Et puis tu finiras bien par trouver quelque chose, même si tu dois modérer tes prétentions.

Pour réaliste et généreux qu'il soit, ce type de discours avait le don d'accentuer son amertume.

— Le problème, ce n'est pas le salaire. Qu'il baisse beaucoup serait frustrant mais pas dramatique, je te l'accorde. Mais faire un boulot sans intérêt, passer mes journées à crever d'ennui, l'œil rivé sur l'horloge, ça, je ne sais pas si je le supporterais.

— On se fait à tout, avait-elle répliqué un peu vivement.

Il avait évité de prolonger cet échange. Au tout début de leur mariage, le peu de travail qu'elle avait à fournir à la préfecture avait fait l'objet de maintes discussions, voire de disputes. À présent, il se trouvait heureux qu'elle ait un emploi protégé.

Le pire, depuis qu'il était au chômage, c'est qu'il avait le temps de réfléchir à son propre parcours.

« J'étais un bon collaborateur. Rien de plus. Un bon sous-fifre ! »

Se voir tel qu'il était lui déplaisait.

XV

— TU AS BONNE RÉPUTATION dans ton milieu, fit remarquer Danielle, un soir, quand, encore tremblant de colère, il raconta l'entretien difficile qu'il venait d'avoir. Tu n'as jamais eu de mal à changer d'entreprise. Souviens-toi : il y a sept ans, il t'a fallu quelques semaines à peine pour te recaser.

— J'avais quarante-cinq ans. J'ai passé les cinquante. Pour un employeur, la différence est importante.

— Tu n'es pas un senior !

— La société nous voit vieux de plus en plus tard, mais dans le monde du travail on le devient de plus en plus tôt, lui rappela-t-il. Les chômeurs de mon âge sont en concurrence frontale avec les nouveaux diplômés qui coûtent bien moins cher.

— Ils n'ont pas vos qualifications !

— C'est tout le paradoxe. Les entreprises cherchent des jeunots ayant de l'expérience, ce qui est rarement leur cas bien entendu, mais ils ne veulent plus des quinquagénaires qui ont les compétences exigées. Pour finir, elles recrutent des gamins qu'elles doivent former en contrepartie d'un salaire sous-évalué. Elles s'y retrouvent largement, en fin de compte.

Il eut un sourire résigné.

— Rassure-toi, je n'ai pas l'intention de baisser les bras. J'ai élargi ma prospection à Nîmes, Avignon et Béziers. J'irai jusqu'à Paris s'il le faut. De nombreux cadres font des allers-retours en TGV une fois par semaine.

Il retint de justesse la réflexion qui lui vint à l'esprit quand elle le considéra pensivement, sans réagir : « Ça t'arrangerait ? »

— Si j'en arrive là…

Il haussa les épaules en affectant l'indifférence.

— Prendre un peu de recul nous fera peut-être du bien ?

Il termina sa phrase en interrogation, mais elle ne protesta pas.

« As-tu un amant ? » faillit-il demander. Mais on ne pose pas la question quand on ne veut pas entendre la réponse. Elle-même, de son côté, le soupçonnait-elle d'avoir une liaison ? Ces doutes étaient désagréables.

Il s'efforça de les chasser.

— Si je ne trouve rien dans les environs, j'envisagerai sérieusement de prospecter en région parisienne. Dans le pire des cas...

Il hésita car l'idée ne le séduisait pas.

— ... j'utiliserai mes indemnités pour me mettre à mon compte.

— Tu ne vas pas créer une entreprise à ton âge ? s'inquiéta-t-elle. D'autant que ce n'est pas le moment.

— Ce n'est jamais le moment, Danielle. La réussite dépend plus de l'entrepreneur que de la conjoncture. Quand nous poursuivions nos études, il était courant d'entendre dire que les gros mangeaient les petits, que la loi du plus fort régnait en maître dans le monde des affaires. Voilà deux décennies au moins que les choses ont changé. De nos jours, ce sont les plus rapides qui bouffent les plus lents. La taille n'est plus un atout. Il faut du dynamisme et de l'innovation.

Il donna deux exemples :

— Naf-Naf a explosé dans les années 80 alors que l'industrie textile était en crise depuis longtemps. En revanche, le géant Kodak a failli disparaître pour n'avoir pas cru au numérique. Rassure-toi, je me laisse encore quelques mois pour dégoter un job similaire à celui que j'ai perdu. Mais, si je ne trouve rien, je rachèterai l'entreprise d'un futur retraité ou j'en créerai une dans le cadre sécurisant de la franchise. Quitte à devoir m'éloigner.

Il lui jeta un regard aigu et insista :

— À ne rentrer que le week-end.

Elle le considéra pensivement, troublée. Elle avait le sentiment de retrouver le garçon enthousiaste qui l'avait embrassée sans complexe dès leur première danse lors d'une fête étudiante, qui l'avait rapidement séduite, qui l'avait mise enceinte, aussi. L'attitude combative de son mari la toucha.

Le soir venu, c'est elle qui le provoqua. Ils firent l'amour avec tendresse.

Le lendemain, il reprit sa quête, opiniâtre. Ses lettres de candidature restant sans réponses, il se résolut à faire comme bien d'autres quinquagénaires : il se rajeunit, tablant sur le fait qu'un entretien lui permettrait de faire accepter son mensonge d'autant plus facilement que, physiquement, il ne faisait pas son âge. Toujours en vain. En désespoir de cause, tout en se traitant mentalement d'imbécile, il se laissa tenter par un site promettant de faire des gains faramineux en bourse. Il perdit deux mille euros avant de redevenir raisonnable. Il envisagea de se mettre à son compte, se renseignant sur le monde de la finance, du recouvrement de créances, du conseil en entreprise. Mais la peur de se tromper, de ne pas avoir la clientèle suffisante le retint à chaque fois.

La même réflexion revenait alors, amère :

« Je ne suis qu'un sous-fifre ! Pas un entrepreneur ! »

XVI

Le souvenir d'Annie me hante d'autant plus que, depuis mon licenciement, j'ai tout loisir de rêver. Quand je lâche la bride à mon imagination, je nous vois libres tous deux et rattrapant le temps perdu. Je divague jusqu'à ce que la raison s'impose et me rende lucide. Quand bien même elle aurait éprouvé les mêmes sentiments que moi, quand bien même nous déciderions de faire notre vie ensemble, nous serions deux chômeurs associant leur infortune. Abandonnerait-elle son train de vie pour moi ? Son mari étant également son employeur, comment croire qu'il la garderait à son service si elle le quittait pour un autre homme ? Que ferais-je à sa place ? Serais-je capable d'abandonner mon confort pour faire un tel saut dans l'inconnu ?

Je viens de voir Agnès pour la dernière fois.

Elle s'est presque jetée sur moi quand elle m'a rejoint dans la chambre d'hôtel. J'ai été surpris par la fougue avec laquelle elle m'a renversé sur le lit. Elle m'a embrassé avec plus de fièvre que d'habitude, elle m'a caressé avec plus de passion encore. J'ai pensé qu'elle avait eu une violente dispute avec son mari, qu'elle se libérait de sa colère entre mes bras. Mais une fois notre désir assouvi, elle s'est confiée d'une voix basse, un peu cassée.

Elle va s'en aller.

Son époux doit prendre la direction d'un supermarché du côté de Toulouse. C'est une promotion qu'il espérait depuis longtemps, qui est d'autant plus intéressante qu'il pourra l'employer comme comptable. Refuser de le suivre, ce serait divorcer. L'accompagner serait mettre fin au principal grief qu'elle avait envers lui : elle ne passerait plus ses soirées à l'attendre puisqu'ils travailleraient ensemble.

C'est ce qu'elle a choisi.

Elle va quitter Montpellier. Nous ne nous verrons plus. J'accepte la fin de notre histoire avec regrets mais sans reproche. Je la comprends.

Nous nous sommes séparés sur un baiser très doux. Je n'ai pas eu le cœur de rentrer tout de suite. Je me suis assis dans un bar, j'ai commandé une bière, l'esprit ailleurs. Cette relation, c'était une fenêtre ouverte sur la lumière.

Le monde se délite autour de moi.

J'ai perdu mon emploi, ma maîtresse me quitte, je fantasme sur une femme mariée que je n'avais pas vue depuis plus de trente ans. Il me reste Danielle, qui est devenue une associée plus qu'une épouse. Nos intérêts sont liés, ce qui explique sans doute son soutien : divorcer, ce serait vendre cette maison qu'elle aime, qu'elle a décorée à son goût, que nous avons fini de payer. Le constat est amer. Nous demeurons ensemble pour préserver notre confort.

Quelle tristesse.

Sa déprime s'accentuant, il avait rendu visite à Guillaume, un samedi après-midi, profitant de l'absence de Mylène qui suivait des cours de peinture dans une association. Ils avaient apprécié de se retrouver en tête à tête, ce qui leur arrivait rarement depuis que le jeune homme vivait en couple.

Pour lui faire oublier ses idées noires, Guillaume l'avait questionné sur sa vie dans la vallée. Apprendre que son père avait aimé une autre femme que sa mère avait éveillé sa curiosité. Il avait découvert une réalité que les enfants ignorent souvent : à savoir que leurs parents ont eu les mêmes émois qu'eux, qu'ils ont fait les mêmes apprentissages.

— Annie et moi, raconta complaisamment Alex, nous étions inséparables, ce qui est normal dans la mesure où nous grandissions ensemble. Nous faisions les allers-retours côte à côte dans le car scolaire et nous nous retrouvions dans la cour de récréation. Le soir, nous faisions nos devoirs tantôt chez l'un, tantôt chez l'autre et le week-end nous parcourions la forêt en nous prenant pour des explorateurs. Bien entendu, comme tous les gamins qui s'entendent bien, nous étions fiancés.

Il avait souri, amusé par les souvenirs qui renaissaient.

— Je ne saurais te dire combien de fois nous avons joué au mariage, elle coiffée d'une couronne de clématites sauvages, moi lui donnant le bras, fier comme Artaban. Puis nous sommes devenus adolescents.

Il évoqua pudiquement leurs premiers flirts, leur liaison, la colère de Georges qui les avait surpris, la proposition qu'il lui avait faite.

— Tous les champs étaient cultivés en ce temps-là, mais le rendement était si faible que lui interdire d'exploiter ma part, c'était le mettre en difficulté et l'obliger à licencier les fantômes. Je ne sais pas s'il m'a cru capable d'une telle vilenie, ou s'il a eu peur que je m'enfuie avec Annie, mais il n'a pas discuté. Il m'a aidé dans la mesure de ses moyens et je lui ai laissé la jouissance de mes lopins. Pour être honnête, il m'a été d'autant plus facile de respecter cet arrangement que je me suis désintéressé de ce pauvre héritage dès que nous avons commencé à travailler, ta mère et moi. Nous avions un bon emploi, un niveau de vie agréable. Nous n'avions pas besoin du peu qu'aurait pu rapporter la vente de ma part.

— Ta cousine n'a jamais cherché à te revoir ?

— Elle s'est mariée de son côté. Nous avions perdu tout contact jusqu'à la mort de son père.

— Tu as des regrets ?

Il fit semblant de ne pas comprendre le véritable sens de la question.

— À propos de Georges ? Pas vraiment. Il avait eu des mots très durs, tu sais. Je l'avais exclu de ma vie.

— Et les fantômes ? Tu les revoyais ?

— Pour cela, il aurait fallu que je me rende au mas et je n'y tenais pas. Mais on s'est toujours écrit. Quand ils ont eu leur PC, on a poursuivi nos échanges par e-mail ou par téléphone.

— En tout cas, ton cousin s'est montré généreux avec eux. Il aurait pu se contenter de leur laisser l'usufruit de leur jardin et de leur maisonnette.

— Ils méritent largement ce cadeau. De toute façon, ça ne change pas grand-chose pour Annie puisque, comme moi, elle n'envisage pas de vendre. Par ailleurs, il semble évident qu'ils en feront leur unique héritière. Remarque… d'ici là…

Il eut une moue navrée.

— Vu l'état de la toiture, il ne restera plus grand-chose du mas.

XVII

LE COUP DE FIL d'Annie, inattendu après des mois de silence, l'avait déstabilisé. Il avait tout d'abord pensé qu'elle avait saisi un prétexte pour le relancer, puis il s'était demandé s'il ne prenait pas ses désirs pour des réalités. La raison de cet appel était plausible : les beaux jours revenus, souhaitant débarrasser le grenier du fouillis qui l'encombrait, elle avait trouvé normal de l'en aviser. Ils étaient convenus de se retrouver au mas le dimanche suivant. Danielle avait accepté de l'accompagner, ainsi que Guillaume et Mylène ravis de revoir cette vallée qui les avait enchantés.

Ils partirent après le déjeuner. Arrivé au chemin, Alex remarqua que celui-ci était en moins mauvais état que l'année précédente.

« Marius a comblé les nids-de-poule. Il a dû y laisser pas mal de sueur, le pauvre. »

Le col franchi, il aperçut immédiatement l'imposant 4 x 4 noir stationnant près de la camionnette.

Annie était, elle aussi, venue avec son conjoint. Il se souvenait vaguement de ce garçon qu'il avait côtoyé au lycée mais qu'il n'avait jamais apprécié : fils de riches commerçants, Jean-Claude l'avait toujours traité avec condescendance.

Il se gara à côté des véhicules au moment où le couple sortait de chez Georges pour ajouter deux cartons sur le plateau de la 403.

Il nota que son ancien camarade de classe avait, lui aussi, plutôt bien vieilli. Ils échangèrent une poignée de main de pure convenance tandis que les deux femmes faisaient de même.

Alors que Guillaume approchait, un peu intimidé, Annie l'attrapa aux épaules et l'embrassa sans façon sur les deux joues. Elle fit pareil avec Mylène.

— Je suis ravie de faire votre connaissance. J'espère que nous aurons l'occasion de nous revoir. Cette ferme ferait une magnifique maison de vacances pour un jeune couple.

Une moue de mépris sur le visage, Danielle montra d'un geste large le monceau de déchets qui encombrait la cour.

— Comme maison de vacances, on fait plus propre, sans compter que le bâtiment est vraiment délabré.

Son agressivité était si perceptible qu'Alex jugea prudent d'intervenir :

— Chaque chose en son temps. Il est évident que, si les enfants veulent passer quelques jours ici, il faudra enlever ces saletés. Pour l'instant, on va s'occuper du grenier. Tu as bien fait de nous prévenir, Annie.

— Ce qu'il contient n'ayant pas de propriétaire défini, il m'a semblé normal de faire le tri avec vous. Nous avons commencé à évacuer ce qui n'a aucun intérêt, Jean-Claude et moi, mais nous vous attendions pour savoir que faire de ce qui est en bon état.

— Vos amis, murmura Guillaume en montrant la direction du mazet d'un signe de tête.

Les visages se tournèrent vers les fantômes qui les rejoignaient.

— Nous allons faire le ménage dans les combles, leur confirma jovialement Alex en les embrassant. Je ne vous propose pas de nous aider, nous serons bien assez de six.

— Nous sommes d'autant plus d'accord que nos genoux n'aiment pas les escaliers, plaisanta Roberte. Nous venions juste vous saluer.

Les retraités ne s'attardant pas de peur de gêner, les trois couples gagnèrent le grenier. Les fenêtres, grandes ouvertes, laissaient entrer une lumière généreuse. Alex poussa un sifflement admiratif.

— Vous avez fait un sacré vide, déjà.

— On a commencé par ce qui était cassé ou sans la moindre utilité comme des boîtes pleines de clous et de vis rouillés, des livres moisis, des matelas troués mais il reste pas mal de cartons à trier, du mobilier, des malles, des bibelots.

— Je ne vois pas ce qui pourrait nous intéresser, décréta Danielle avec mépris. Nous n'avons besoin de rien. Surtout pas de ces vieilleries.

— Nous non plus, répliqua Annie, doucereuse, mais Guillaume et Mylène trouveront peut-être des objets à leur goût ?

— C'est la raison pour laquelle je leur ai demandé de nous accompagner, confirma Alex.

Il s'adressa au jeune couple ravi :

— Si quelque chose vous plaît, n'hésitez pas à le dire, les enfants. On le mettra de côté.

Il frappa dans ses mains, se voulant enthousiaste.

— On attaque ?

— Tu devrais commencer par ce coffre, suggéra Annie avec un fin sourire, en lui montrant une cantine métallique qu'il reconnut aussitôt.

Il souleva le couvercle, sachant ce qu'elle contenait : une robe de mariée jaunie.

— J'ai pensé que tu aimerais la conserver.

Il se trouva heureux que son bronzage masque partiellement sa rougeur. Il avait compris l'allusion : lorsque la pluie les empêchait de promener dans les monts avoisinants, le week-end ou durant les vacances, ils passaient parfois l'après-midi dans ce grenier, à fouiller dans le fatras d'objets abandonnés. Ils avaient ouvert tous les cartons, toutes les malles, et cette robe était l'un des trésors qu'ils avaient découverts. Annie s'en était souvent vêtue pour parcourir l'étage de long en large au bras d'Alex qui levait le menton, digne comme un jeune marié. Ils avaient joué aux épousailles de façon plus réaliste une fois adolescents, quand ils faisaient l'amour dans le bruissement du tissu. Il referma le coffre en s'efforçant de paraître impassible.

— Tu as bien fait. C'est l'un des rares souvenirs qu'il reste de ma mère.

— Tu ne vas pas ramener cette… chose à la maison ? protesta Danielle.

— Non, mais elle aura sa place dans la chambre de mes parents.

Il leur fallut deux bonnes heures pour faire le tri entre ce qui serait conservé, jeté ou brûlé.

— C'est le dernier, claironna Annie en posant un carton sur le tas destiné à flamber.

— Quand comptez-vous emporter les vieilleries que vous avez mises de côté ? s'enquit Jean-Claude avec un dédain perceptible.

Les regards se tournèrent vers le jeune couple qui avait souhaité récupérer l'essentiel du mobilier et divers bibelots.

— Eh bien… commença Guillaume avec embarras, si on peut laisser ce qu'on a choisi dans le grenier en attendant de pouvoir s'en occuper… mais si ça gêne…

— Ça gênera d'autant moins que je vais t'aider à tout descendre dans l'une de mes chambres.

— C'est gentil ! s'exclama Mylène, ravie. Ces meubles sont vraiment chouettes. On profitera d'un week-end pour venir les nettoyer.

Elle écarta les bras, le visage levé vers le ciel.

— C'est si beau et si tranquille, ici. Ça donne envie d'y vivre !

XVIII

« JE NE SUIS PLUS BON À RIEN ! »

Alex était un peu sonné. Il ressentait un mélange d'abattement et de colère. Le DRH qui venait de le recevoir avait fait preuve d'une suffisance insupportable.

« Un jeune con ! »

Un jeune con, mais qui avait le pouvoir de lui donner une nouvelle chance ou de le rejeter, un jeune con qui avait fait usage de ce pouvoir avec un plaisir évident.

Quand il avait compris que les jeux étaient faits, Alex avait abandonné son calme de façade pour apostropher l'arrogant blanc-bec. Il lui avait vivement conseillé de montrer un peu plus d'empathie envers les demandeurs d'emploi, qu'ils fassent ou non l'affaire. Il avait déstabilisé le morveux aucunement habitué à voir les candidats lui parler si rudement. Puis il était sorti en claquant la porte sous le regard ébahi du postulant qui attendait son tour.

Il n'avait pu se résoudre à rentrer tout de suite chez lui. Il s'était installé à la terrasse d'un café et avait commandé une pression, ressassant l'amère réflexion :

« Je ne suis plus bon à rien ! Pourtant… »

Pourtant, il était compétent. Il le savait. Morose, il avait laissé son regard accrocher la silhouette avenante d'une belle promeneuse, par réflexe plus que par réel intérêt. Il n'avait goût à rien.

« Je suis fini… »

Il avait conscience de se laisser gagner par un apitoiement larmoyant mais, à cet instant précis, il n'avait plus ce désir de réagir qui, jusque-là, lui avait permis de donner le change, d'avoir l'air confiant.

La formule classique : *On vous écrira*, concluait invariablement les quelques entretiens qu'il parvenait à décrocher. Il avait appris à lire dans les regards, à deviner les refus sous les phrases courtoises et convenues. Il comprenait, avec ses tripes à présent – et non plus intellectuellement –, que certains chômeurs puissent feindre de se rendre chaque jour au travail, qu'ils passent leur journée dans un bar ou un jardin public, attendant passivement que s'effilochent les derniers lambeaux de leur dignité.

Il n'en continuait pas moins à parcourir les quotidiens régionaux, les hebdomadaires et Internet. Il postulait à toutes les offres susceptibles de lui convenir, quelle que soit la situation géographique de l'entreprise ou le salaire proposé. Quand il parvenait à décrocher une entrevue, qu'il pensait avoir fait bonne impression, il rentrait chez lui plein d'espoir et de crainte mêlés. Il poursuivait ses recherches sans attendre la réponse, mais la guettant impatiemment. Chaque refus accentuait son sentiment d'échec.

Son humeur s'en ressentait. Il devenait taciturne, parlant à peine à son épouse. Pire, il s'en prenait parfois à elle, s'emportant pour des riens. Ils eurent un jour une dispute si violente qu'ils se déchirèrent sans retenue, qu'elle l'invectiva en évoquant cette rousse qu'il « baisait » à l'hôtel depuis au moins deux ans.

Il en était resté sans voix, la laissant déverser sa rancœur, sa frustration.

— Je n'ai rien dit pour préserver notre couple ! avait-elle crié, exaspérée. Je ne te reproche pas d'être au chômage ! Je ne demande qu'à te soutenir ! Mais si tu ne me respectes plus, tu peux faire tes valises et t'en aller !

Il l'avait prise au mot, furieux contre elle, contre lui, contre le monde entier. Il avait entassé quelques affaires dans un sac de sport puis il était parti, le visage fermé. Il s'était arrêté quelques centaines de mètres plus loin pour réfléchir. Sa première idée avait été de s'installer à l'hôtel. Mais cela l'aurait obligé à prendre ses repas au restaurant.

« Ce n'est pas le moment de jeter l'argent par les fenêtres, d'autant que... »

D'autant qu'il ne savait pas s'il aurait envie de retourner chez lui. Cette scène lui laissait un goût amer, un sale mélange de colère et de culpabilité.

Il hésitait entre les deux solutions : l'hôtel ou un meublé, quand une évidence s'imposa, bien plus économique. Il se rendit dans une grande surface spécialisée dans les articles de sport pour acheter un duvet, un matelas pneumatique, quelques autres bricoles.

Il était arrivé au mas en fin d'après-midi. Il avait salué de loin Roberte et Marius qui travaillaient dans leur potager, puis il était entré. Il installait sa couche sommaire dans son ancienne chambre quand il entendit, sans surprise, frapper à la porte restée ouverte. Il redescendit pour embrasser Roberte qui, ainsi qu'il l'avait prévu, lui proposa de partager leur dîner. Il accepta cette chaleureuse invitation qui lui permit d'oublier ses brûlures d'estomac, son angoisse, sa dispute avec Danielle.

Le lendemain matin, il s'éveilla courbaturé et pourtant serein pour la première fois depuis longtemps. Il ouvrit les volets en grand, il admira le paysage de sa jeunesse, il inspira avec plaisir les effluves de thym et d'aiguilles de pin qui parfumaient l'air transparent.

« Quelle paix ! »

Il s'habilla, il fit une rapide toilette à l'évier.

Son estomac mécontent lui rappela qu'il n'avait emporté aucune provision. Il résista à la tentation de rejoindre Roberte et Marius.

« Je ne vais pas jouer les pique-assiette, tout de même ! »

Il sortit sur le seuil, buvant la lumière claire de cette matinée printanière. Il tourna la tête vers le mazet. Roberte semblait statufiée au milieu de son potager, une houe à la main. Il comprit qu'elle surveillait l'eau irriguant ses légumes. À quelques mètres d'elle, Marius binait un coin de terre à petits coups économes. Il les rejoignit d'un pas tranquille.

— Je vais faire des courses. Si vous avez des achats prévus, je m'en chargerai volontiers.

— Merci Alex, mais on a fait le plein pour la semaine.

L'estomac du chômeur se manifestant à nouveau, la retraitée s'inquiéta :

— Tu n'as pas déjeuné ? Mais il fallait le dire ! Viens manger un morceau. Tu partiras après.

— Je te remercie, Roberte, mais…

— Ne discute pas. Il est hors de question que tu t'en ailles le ventre vide.

Elle l'agrippa par le bras et l'entraîna d'autorité vers le mazet.

— Un grand bol de café au lait et trois tartines de beurre, si j'ai bonne mémoire. À moins que tes goûts aient changé ? Il faut le dire, mon petit.

« Mon petit... »

Il se détourna pour cacher l'émotion qui lui serra la gorge. C'est vrai qu'ils l'appelaient « mon petit », quand il vivait au mas. Ces mots banals le touchèrent infiniment plus qu'autrefois parce qu'il mesurait à présent toute l'affection qu'ils exprimaient.

— Je ne prends plus de tartines, maintenant. J'ai fini ma croissance, tu sais !

La plaisanterie la fit rire.

— Je vais t'accompagner. Tu veux un autre café, Marius ? demanda-t-elle au vieux qui les avait rejoints.

Elle sortit les tasses et un bol pendant que les hommes s'asseyaient face à face. Elle posa le sucre et les petites cuillères sur la table, puis elle fit réchauffer le breuvage. Pour finir, elle prit place à son tour, son coude collé contre celui de son époux.

« Rien n'a changé », nota Alex, ému.

Observateurs comme la plupart des enfants, Annie et lui avaient remarqué que, lorsqu'ils étaient côte à côte, les fantômes conservaient toujours un contact physique : hanche contre hanche, épaule contre épaule, bras contre bras, chacun puisant dans l'autre le courage d'affronter le monde et ses regards.

Il dégusta le breuvage à petites gorgées gourmandes. Le café de Roberte était différent de celui que faisait Danielle. Même réchauffé, il était plus… il n'aurait su dire quoi.

Mais il était meilleur. Forcément.

Sa tasse vidée, il se leva et, spontanément, avant de sortir, il se pencha vers la femme et l'embrassa sur le front, la faisant rougir.

— Décidément, personne ne fait un aussi bon café que toi.

Il quitta le couple sur un sourire heureux. Il fit ses courses à Ganges, évitant le supermarché d'Annie. Il appréhendait autant de la revoir qu'il en avait envie. Au retour, il s'arrêta au niveau du col et alla se percher sur le rocher. Comme autrefois. Il laissa son regard caresser les monts, les forêts. Il avait l'indicible sentiment d'être en vacances. Il se sentait si bien qu'il en oubliait ses inquiétudes, sa peur de l'avenir.

« Je vais rester ! »

La décision venait de s'imposer, tranquillement.

Il pensa à Danielle, seule chez eux, et se demanda ce qu'elle ressentait. De la peine ? Du soulagement ?

« Nous n'étions plus un couple. Juste de vieux amis s'entendant plutôt bien. »

Il laissa son regard glisser vers le vallon, oubliant son épouse, son chômage, ses angoisses. Il avait le sentiment d'avoir à nouveau dix-huit ans. Il sentait presque la main tiède d'Annie dans la sienne.

« On était bien. Heureux. On croyait que ça durerait toute la vie. On ne se posait pas de questions. On ne se souciait pas de l'avenir tant il semblait limpide. »

Nostalgique, il rêvassa une bonne heure, puis il gagna le mazet. Roberte réchauffait une daube à l'odeur délicieuse.

— Tu prendras le pastis ?

— Très volontiers.

Il s'attabla en souriant.

Il se sentait vraiment bien.

Le repas terminé, sans le vouloir, le retraité creva la bulle de bien-être qui le protégeait :

— Et ton travail ? Tu as une piste ?

— Aucune, Marius. Je me fais du souci. Je savais que les seniors avaient du mal à se caser après un licenciement mais j'ignorais que c'était à ce point.

Son cœur s'accéléra brutalement.

« Je ferai quoi si je ne trouve rien ? »

— D'après ce qu'on entend, à la télé, les cadres qui ne retrouvent pas un emploi rachètent une entreprise ou en créent une. Je suppose que tu y as réfléchi ?

— Oui, bien entendu. Je n'ai jamais eu envie de me mettre à mon compte, mais si je n'ai pas le choix… Le problème, c'est qu'aucun domaine ne me tente vraiment.

— Il n'y a pas d'opportunités dans ta spécialité ?

— Plus vraiment. On en arrive à un point où l'offre dépasse la demande.

Il soupira.

— J'ai peu de besoins. Notre maison est payée, Guillaume est autonome, Danielle a un bon job. À la limite, peu importe mes revenus pourvu qu'ils me permettent de vivre sans trop tirer la langue. Mais je ne veux pas courir le risque de perdre mes économies en choisissant le mauvais créneau.

— Il y a un salon de la franchise, à Paris.

Surpris que le vieux en ait entendu parler, il acquiesça.

— Je sais, mais il est passé. C'était le mois dernier. De toute façon, on le retrouve sur Internet.

Marius montra l'ordinateur qui trônait sur un bureau, à côté du buffet.

— Prends-le si tu en as besoin.

— C'est gentil, mais j'ai mon portable. Il suffira de me donner votre clé wi-fi. La clé wi-fi, c'est…

Le paysan rit de bon cœur.

— On est des sauvages, mais pas des primitifs. Le wi-fi, on connaît, mon petit.

XIX

Il avait téléphoné à Danielle le lendemain de son installation. Ils avaient bavardé avec un certain embarras mais calmement, sans faire allusion à la violente dispute qui les avait opposés. Il lui avait proposé de rester quelque temps sans se voir, histoire de faire le point sur leur relation.

— Ça nous permettra sûrement de nous retrouver, avait-il conclu sans conviction.

Ils en doutaient tous deux, mais aucun ne voulait prendre la responsabilité d'une vraie rupture, espérant qu'une décision s'imposerait d'elle-même. Elle avait promis de le prévenir s'il recevait du courrier, si elle entendait parler d'un emploi susceptible de lui convenir.

Il l'appelait régulièrement, brièvement. Ils avaient peu à se dire, mais maintenir le contact leur semblait important. Il évoquait ses recherches, toujours infructueuses, elle lui prodiguait des encouragements. Ils mettaient fin à leur conversation courtoisement, sans mot tendre, mais sans reproche.

Cela faisait deux semaines à présent qu'il s'était installé. Il avait fait quelques achats – une literie complète, un réfrigérateur – afin d'avoir un minimum de confort. Il passait ses journées de façon immuable. Le matin, il consultait Internet puis il écrivait ou il téléphonait aux employeurs potentiels. Le déjeuner expédié, il revisitait les paysages de sa jeunesse. Il parcourait les chemins qu'ils avaient empruntés, Annie et lui, constatant sans surprise, mais avec nostalgie, que les arbres avaient envahi une clairière où ils s'étaient embrassés, que les buissons avaient avalé certains sentiers, que d'antiques murets de pierres sèches avaient cédé, ruinés par les orages.

Il se réappropriait le domaine de son enfance.

En fin d'après midi, il mijotait quelque plat simple et consistant, ce qui lui permettait, de temps à autre, d'inviter ses voisins, d'évoquer ce lointain passé où les rides et les cheveux blancs les épargnaient.

Le soir venu, la vaisselle essuyée, il rêvassait sur le pas de sa porte jusqu'à ce que la fraîcheur le pousse à rentrer. Son isolement l'avait conduit à réfléchir lucidement sur sa vie. Il avait accepté l'idée que s'il avait atteint la plupart des objectifs qu'il s'était fixés, jeune homme, il l'avait fait sans panache. Passivement.

Pas de quoi avoir honte, pas de quoi être fier.

« C'est maintenant que tu sauras ce que tu vaux vraiment ! Ce que tu as dans le ventre, se disait-il parfois. Ton avenir, aujourd'hui, ne dépend que de toi ! De ta capacité à faire front ! À te bouger enfin ! »

Bizarrement, depuis qu'il s'était réinstallé « chez lui », la possibilité de ne pas trouver d'emploi à sa mesure, de devoir prendre son sort à bras-le-corps ne l'effrayait plus. Au contraire, cette éventualité le stimulait. C'était un état d'esprit inhabituel pour lui. Réellement étrange.

Il s'imagina tour à tour dirigeant une équipe de mécanos ou bien d'électriciens, tenant un dépôt-vente, un hôtel, un restaurant, sans qu'aucune de ces perspectives ne lui parle vraiment. Il envisagea même de suivre une formation de plombier, de menuisier, mais, s'il aimait bricoler, il n'était pas un manuel dans l'âme. Finir sa vie professionnelle ainsi ne l'enthousiasmait pas, quels que soient les profits potentiels.

Un jour, alors qu'il revenait de Ganges, il éprouva le besoin de s'arrêter au niveau du col, de s'asseoir sur le rocher, de contempler sa vallée. Il ignorait quelle impulsion, quel cheminement inconscient de son esprit l'avaient poussé à faire cette halte, mais il sentait que c'était important.

Le ciel pur éclairait les monts protégeant le domaine. Les feuillages aux nuances multiples tachaient les flancs pentus. Un vent léger, à peine perceptible, faisait frissonner les buissons. Il laissa son regard glisser vers la vallée, caresser le vieux mas décrépi, les terrasses herbeuses.

« C'est beau ! C'est vraiment beau ! » pensa-t-il une fois de plus, apaisé.

Alors, sans crier gare, une réflexion de Mylène lui revint. Il fronça les sourcils. L'idée était intéressante.

Si elle était réalisable.

Il lui faudrait se renseigner. La perspective d'avoir enfin – peut-être ? – un projet solide lui redonna de l'énergie.

« Je devrai voir avec Annie. »

Il lui téléphona aussitôt, un peu ému. Il ne lui parla pas de son idée, cependant. Il se contenta de lui apprendre qu'il s'était installé au mas. Il ne lui proposa pas de le rejoindre, mais elle avait compris.

Il s'était décidé à débarrasser la cour de tout ce qui pouvait brûler. Il avait entassé les déchets combustibles : les planches pourries, les ceps de vigne, les caisses éventrées, les broussailles coupées. Il avait aspergé le tout d'essence, puis il avait mis le feu. La flambée avait duré toute la matinée. Il surveillait les dernières flammes quand il vit la voiture entamer prudemment la descente. Son cœur battit un peu plus vite.

« La voilà. »

Elle était seule. Elle se gara à distance du brasier, entre l'antique 403 et la Fiesta. Il la rejoignit d'un pas rapide, il l'embrassa sur les deux joues.

— Bonjour Annie.

— Bonjour Alex.

Elle avait un sourire aussi large que le sien. Il remarqua qu'elle avait fait couper ses cheveux et ravivé leur couleur. Il la trouva sublime. Ils restèrent de longues secondes face à face, le regard lumineux, ne sachant que dire de plus que leurs yeux n'exprimaient. Il avait installé une table et des sièges dehors, devant son logement. Il l'invita à s'asseoir, ce qu'elle accepta volontiers.

— Je pensais que tu viendrais demain. Je croyais que tu travaillais, le samedi.

— C'est le cas, normalement. Le magasin est ouvert, répondit-elle, laconique, mais j'ai pris mon après-midi.

Il hésita à la questionner davantage. Les rêves, les projets qu'il caressait n'étaient pas seulement professionnels. La revoir avait ranimé la flamme de leur adolescence. Une flamme vive. Presque violente. Mais il n'osa pas évoquer ses sentiments.

— Tu as trouvé quelque chose ? Tu t'offres quelques jours de vacances avant de reprendre le collier ?

— Non. Je n'ai toujours rien. Ce n'est pourtant pas faute de chercher. Mais j'avais besoin d'une bonne bouffée d'oxygène. Tu te souviens ? On voyait la vallée comme un repaire secret. Eh bien, je suis venu m'y réfugier, le temps de faire le point, de savoir où j'en suis.

Il hésita, puis il se décida :

— Je crois qu'on va divorcer, Danielle et moi. En fait, j'en suis certain.

Elle n'eut pas l'air surprise.

— Il m'avait semblé que c'était tendu entre vous deux.

— On s'entend suffisamment bien pour continuer à vivre ensemble, mais… il n'y a plus grand-chose entre nous. Trente ans de mariage, ça use bien des couples.

— Je sais.

Elle se confia à son tour.

— Nous en sommes également là, Jean-Claude et moi. Depuis longtemps. Nous avons des rapports de collaborateurs plus que de conjoints.

Il sentit son cœur battre furieusement.

— Vous… envisagez de vous séparer ?

— C'est une perspective que nous n'avons jamais évoquée. À cause du commerce, je suppose. J'admets que j'y ai parfois songé mais, comment dire…

Elle le regarda droit dans les yeux, presque agressivement.

— Jean-Claude n'est pas seulement mon mari. C'est aussi mon employeur. Pour le personnel, je suis la patronne, mais si je le quittais je serais une chômeuse.

— Tu préfères conserver ton confort.

La voyant rougir, il regretta la méchanceté de sa réflexion.

— Tu as raison. Le chômage, à notre âge, ce n'est pas folichon.

Curieusement, la remarque dérida la femme.

— Tu te sens vieux ?

— Moi ? Non. Mais les employeurs potentiels me considèrent ainsi. Ça fait des mois que je galère. Aussi, je te comprends. Je ne te juge pas.

Le silence s'appesantit à nouveau. Ils regardaient les flancs de la montagne qui leur faisait face, les terrasses envahies par l'herbe et la broussaille, les murets qui menaçaient de s'effondrer par endroits.

Il imagina le domaine restauré, remis à neuf, superbe.

« Ça coûterait une fortune. Et si ce n'est pas rentable ? »

Il eut envie de prendre la main de la femme dans la sienne, d'évoquer son projet.

« C'est encore trop tôt. »

— Tu restes tout le week-end ?

— Non. Je rentrerai ce soir. Jean-Claude n'a pas apprécié que je prenne cette demi-journée, alors... si en plus j'envisageais de dormir ici... il serait capable de rappliquer.

Elle ajouta, sibylline :

— Il ignore que tu es là.

— Tu veux dire que tu ne serais pas venue s'il le savait ?

Elle répondit par une pirouette :

— Tu me taquines ?

— J'adorais ça. Tu te souviens ?

— Il y a bien longtemps. C'est du passé, Alex.

— Nous avons encore toute une vie devant nous, Annie. Vingt ans ? Trente ans ? Bien assez, en tout cas, pour faire des projets.

Elle rosit et se leva, le regard fuyant.

— Pour le moment, j'aimerais seulement saluer les fantômes.

« Tu vas trop vite, tu lui fais peur, se reprocha-t-il en la regardant s'éloigner à grands pas. Tu as le temps, bonhomme. La brusque pas. »

XX

*I*L EST LÀ NOTRE PETIT, *et ça nous rend heureux. Nous avions craint, Roberte et moi, que la vallée meure avec nous. Nous avions peur de voir le mas tomber en ruine et les ronces envahir ses vestiges. Nous savons à présent qu'elle a un avenir. Nous ne saurions dire d'où nous vient cette certitude, mais si Alex a éprouvé le besoin de revenir sur la terre de son enfance, ce ne peut être un hasard.*

Elle ne mérite pas de mourir, cette vallée si pauvre, qui fut le refuge de gens si généreux.

Nous étions deux épaves craintives et affamées quand Geneviève et Martine nous ont invités. Nous étions si meurtris, si amorphes que nous n'avions plus de volonté propre. Nous les avons suivies sans réfléchir, sans rien espérer. Nous avons vu, à la mine de leurs conjoints, à l'air bougon du papé, que nous n'étions pas les bienvenus. Mais nous étions si pitoyables qu'ils n'ont pas eu le courage de nous chasser. Ils nous ont fait une place à leur table.

Ce fut un repas silencieux.

Celui-ci terminé, muets, serrés l'un contre l'autre, nous avons attendu passivement que ces paysans au regard incisif décident de notre sort. Nous n'avons pas réagi quand le papé nous a proposé de passer la nuit dans leur grange. Nous n'avons même pas pensé à les remercier. Il est vrai que Roberte s'est mise à pleurer, ce qui les a émus, je crois.

Le lendemain, comme nous avions repris quelques forces, spontanément, nous les avons aidés. Pour mériter notre pitance. Au moins ça. Et puis… les choses se sont faites tranquillement, sans que personne n'en décide vraiment. Ils ont récupéré quelques vieux meubles dans leur grenier, ils les ont installés dans le mazet qui ne leur servait plus.

Ils nous ont offert un abri, un avenir à nous qui n'avions d'autre destin que de fuir dans la mort une existence pitoyable. Nous n'avons jamais oublié, Roberte et moi, ce cadeau que nous firent ces deux familles : le sentiment d'avoir une place dans ce monde si dur.

Il n'aurait manqué que des enfants à notre bonheur s'il n'y avait eu Alex et Annie, deux gamins turbulents mais gentils que nous avons vus grandir avec enchantement.

Le malheur n'a pas épargné ce havre de paix, pourtant. Notre famille s'est amoindrie au fil du temps. Nous avons connu des décès et des départs. Annie est restée longtemps fâchée avec son père.

Par bonheur, les années ont gommé sa rancœur, elle a renoué avec lui. Elle lui rendait visite une fois par mois. Nous déjeunions ensemble et c'était comme un repas de fête. Elle restait avec nous lorsque Georges regagnait sa chambre pour faire un brin de sieste ; nous bavardions alors plus librement.

Elle n'évoquait jamais Alex, mais elle ne protestait pas quand nous lui montrions ses photos. Elle s'efforçait de rester impassible, mais on voyait la rougeur envahir son visage, ses mains trembler légèrement. Nous comprenions que cet amour de jeunesse avait enfoncé de telles racines dans son cœur qu'il ne pouvait mourir.

Aujourd'hui, ils sont de retour tous les deux. Ce n'est pas un hasard. Je sens, je sais, sans pouvoir l'expliquer, qu'ils redonneront vie à ce domaine. Alors Roberte et moi on attend. On espère.

Notre famille va renaître.

XXI

IL ÉTAIT REVENU un vendredi après-midi. Il avait fait en sorte d'arriver avant elle, ce qui lui avait permis de se préparer, de trouver la détermination nécessaire. Elle était entrée sans manifester de surprise : elle avait vu sa voiture garée dans l'avenue.

— Bonjour Alex.

— Bonjour Danielle.

Ils ne s'étaient pas embrassés, contrairement à leur habitude. Elle avait mis sa veste sur un cintre, dans la penderie, avec son sac, puis elle s'était installée face à lui, dans le second fauteuil. Leurs regards se fuyaient. Ils étaient aussi tendus l'un que l'autre. Il était venu pour parler mais, lâchement, il attendit qu'elle en prenne l'initiative.

— Alors ? demanda-t-elle finalement. Qu'allons-nous faire ?

Il évita de répondre directement à la question.

— Depuis quand savais-tu pour… pour moi ?

— Depuis presque deux ans.

— Comment…

— Le plus bêtement du monde. En mettant une de tes chemises dans le lave-linge, j'ai vu un cheveu roux qui dépassait de sous le col. J'ai douté sur l'instant. Tu aurais pu le ramasser un matin, en saluant une collègue de travail ; il aurait pu traîner sur le dossier d'un fauteuil. Mais il pouvait être l'indice d'une liaison, aussi. Je ne savais que penser. Je t'ai donc observé avec un œil critique. J'ai remarqué les détails auxquels je n'avais pas prêté attention jusque-là : la façon un peu forcée, par exemple, avec laquelle tu te plaignais de ces réunions tardives qui étaient devenues plus fréquentes.

— La plupart de ces tables rondes étaient bien réelles, se défendit-il, de mauvaise foi.

— Sans doute, mais pas toutes, n'est-ce pas ? Alors, un soir, je me suis garée près de ton entreprise. Je t'ai suivi jusqu'à cet hôtel où une rouquine est entrée peu après, en regardant soigneusement autour d'elle.

Elle eut un sourire amer.

— Ça me semble extravagant avec le recul, mais j'ai tout d'abord refusé de croire ce que je découvrais. Je suis rentrée et je t'ai attendu, espérant je ne sais quelle explication. Mais à peine arrivé tu t'es plaint à nouveau de ces réunions impromptues qui empiétaient sur nos soirées. Je ne sais pas comment j'ai pu dîner face à toi sans hurler, sans t'injurier. Le pire, c'est qu'une fois au lit, tu m'as repoussée quand je me suis rapprochée : la fatigue, les soucis, avais-tu prétendu. Bien entendu, ils étaient roux, tes soucis.

— Pourquoi n'en as-tu pas parlé ?

Elle haussa les épaules. Elle se leva, elle alla à la porte-fenêtre, elle contempla son jardin fleuri, si propret, si joli.

— Ça aurait pu… je ne sais pas… nous réveiller peut-être ?

— Ah oui ! C'est vrai ! convint-elle avec une amère ironie. À la télé, après un coup de canif dans le contrat, le couple s'engueule, il se déchire, il se sépare et, pour finir, se retrouve aussi amoureux qu'à ses débuts. Mais la vraie vie est différente, Alex. Je n'avais même pas envie de te reconquérir. En fait, je ne savais que faire. J'ai laissé les choses aller, faisant semblant d'avaler ces pauvres excuses qui te permettaient de baiser régulièrement cette rouquine.

Elle avait l'air si triste qu'il eut envie de se lever et de la prendre dans ses bras pour la bercer, la consoler. Il n'osa pas.

— Alors ? Qu'allons-nous faire ?

— C'est fini avec la rousse.

— Et avec ta cousine ?

Il écarquilla les yeux, surpris. Les battements de son cœur s'accélérèrent.

— Quoi, ma cousine ?

Elle eut un rire bref et mordant.

— J'ai vu la façon dont vous vous regardiez.

Il ne démentit pas. Les mensonges n'étaient plus nécessaires.

— Je suppose que vous vous êtes revus ?

— Oui. Mais il ne s'est rien passé.

— Pas encore.

Elle semblait résignée, à présent.

— Mais ça arrivera. Vous l'avez compris tous les deux. Et moi aussi. D'où ma question : qu'allons-nous faire ?

— Je crois que le mieux serait de… nous séparer.

— De divorcer ? Nous sommes d'accord, je vois.

C'était dit. Ils ressentirent tous deux un véritable soulagement. Ils venaient de crever l'abcès, d'accepter la fin de leur union. La suite était plus facile. Ils y avaient déjà pensé, chacun de leur côté.

— Il faudra l'apprendre à Guillaume.

— Ce n'est pas un problème. Ça le surprendra mais ce n'est plus un enfant. Il comprendra, Danielle.

— Qu'est-ce qui sera un problème ? La maison ?

— Oui. Nous devrons la vendre.

Elle ne réagit pas, ce qui le conforta dans l'idée qu'elle avait envisagé cette hypothèse. Il éprouva pourtant le besoin de se justifier :

— Très franchement, je préférerais éviter d'en arriver là. Mais tu connais ma situation. J'ai perdu tout espoir de trouver un emploi. Aussi, je compte monter ma propre affaire. Mais pour cela, il me faudra plus d'argent que je n'ai.

— Quel genre d'affaire ? Sois prudent, Alex. Ne prends pas trop de risques.

« Elle s'inquiète encore pour moi », constata-t-il, un peu ému.

— J'envisage de transformer le mas en gîtes.

Il enchaîna pour éviter les objections :

— Je me suis renseigné sur leur rentabilité. Elle peut être bonne, voire excellente.

— Vu l'état de la ferme, il y aurait de sacrés travaux à effectuer !

— D'où mon besoin d'argent. Il faudrait rénover et restructurer les bâtiments, nettoyer les terrasses, refaire le chemin, et bien d'autres choses encore. C'est le genre d'entreprise que je peux mener à bien. Elle entre dans mon domaine de compétences.

Elle fronça les sourcils, l'air dubitatif.

— Qu'en penses-tu ?

— Je ne sais pas. Laisse-moi le temps d'y réfléchir. Je... que dirais-tu d'une tasse de café ?

— Pourquoi pas ?

Il attendit d'être servi pour demander, un peu anxieux :

— Alors ? Qu'en dis-tu ?

— Vous êtes quatre propriétaires.

— Convaincre Annie et les fantômes devrait être facile dans la mesure où je serai seul à risquer les capitaux nécessaires.

— Admettons qu'ils soient d'accord. Les gîtes ne sont occupés qu'une partie de l'année. Ce serait suffisant ?

— Oui. J'ai eu en main la déclaration fiscale de certains loueurs et j'ai été surpris par leurs profits. Je croyais que ce genre d'activité n'était qu'une source de revenus complémentaire pour les exploitants agricoles. En réalité, ça peut être extrêmement rentable si on s'en donne les moyens. Il faut un cadre exceptionnel, ce que nous avons, et des prestations de qualité comme une piscine et un court de tennis. La région elle-même est un atout. On y trouve d'innombrables chemins de randonnée, des villages typiques, de vieilles mines à visiter. On pourrait même organiser des stages d'orpaillage. Il y a de l'or dans les rivières cévenoles. Et puis – il eut un petit rire embarrassé – l'idée de redonner vie à ce domaine me plaît beaucoup. Je... n'aurais jamais pu me décider à le vendre, vois-tu.

— Je sais. Je l'avais compris. Mais remettre cette ruine en état, ce sera un sacré chantier. Tu as calculé le montant des travaux ?

— Je l'ai fait à la louche, mais mon estimation ne doit pas être très éloignée de la réalité.

— Et il te manquera des capitaux, d'où la nécessité de vendre la maison. En fait, tu n'es venu que pour parler de ça.

Elle eut un rire amusé.

— Allons. Ne fais pas cette tête de cocker. J'ai profité de ton absence pour faire le point, moi aussi, et j'en suis arrivée aux mêmes conclusions : rester ensemble n'aurait plus aucun sens. Il vaut mieux divorcer pour nous donner une seconde chance de faire une belle rencontre. Cela dit, cette maison…

Elle se frotta le menton, sourcils froncés.

— Je n'ai pas l'intention de la quitter.

Elle attendit une objection qui ne vint pas.

— Voilà ce que je te propose : tu sais que j'ai placé l'héritage de mes parents. Je peux récupérer cet investissement pour racheter ta part.

— Tu n'auras pas assez.

— J'emprunterai le peu qui manquera. Qu'est-ce que tu en dis ?

— Ce serait l'idéal. Pour toi, pour notre fils qui a grandi ici. Pour moi aussi. L'idée que notre maison passe entre les mains d'inconnus me chagrinait, je le reconnais. Demain soir, je parlerai à Guillaume, je lui expliquerai. Pour notre divorce, puisqu'il y a un avocat parmi nos relations… si tu es d'accord…

Il poursuivit, voyant qu'elle acquiesçait sans discuter :

— En attendant de régler ces détails, je dormirai dans la chambre d'amis.

Elle eut un sourire sibyllin.

— Ce n'est pas nécessaire.

Guillaume avait le visage grave. Il n'osait pas regarder son père qui, de son côté, se sentait mal à l'aise.

— C'est... à cause de ta cousine ?

— Non. Elle n'a rien à voir dans notre séparation. En fait, ta mère et moi... ça faisait longtemps que notre couple était en crise. Tu as bien dû t'en rendre compte ?

— Oui, bien sûr, mais...

Le jeune homme eut une moue navrée.

— Je n'imaginais pas que tu la quitterais un jour.

— Je ne la quitte pas, Guillaume. Nous nous séparons d'un commun accord. Ce n'est pas la même chose.

Il éprouva le besoin de se justifier pourtant :

— En ce qui concerne ma cousine, je reconnais que ça m'a secoué de la revoir, mais nous n'avions eu aucun contact après notre rencontre au mas. Et puis... elle est mariée de son côté. Alors... je ne sais pas...

Il laissa le silence s'installer. Il comprenait que ce divorce le perturbe, mais son fils avait eu des liaisons, il avait connu des ruptures. Il pouvait admettre que l'amour puisse mourir.

— Vous ne vous séparez pas fâchés. C'est déjà ça. En ce qui concerne la villa…

— Nous nous sommes arrangés, ta mère et moi. Elle la gardera.

— Tant mieux. C'est la maison de mon enfance. Si vous aviez dû la vendre…

— Je sais. C'est important pour toi. Pour nous tous. Nous pourrons nous y réunir à certaines occasions.

Il comprenait d'autant mieux son fils que la maison de son enfance, la sienne, l'attendait.

XXII

ROBERTE SE TENAIT devant sa glace et s'admirait en souriant. Elle se caressa la bouche du bout des doigts. Elle avait de belles lèvres mais elle ne l'avait découvert qu'après l'opération, quand le dentier lui avait donné un visage normal. Son regard accrocha l'alliance qui ornait son annulaire. Machinalement, elle l'embrassa.

Ils s'étaient mariés un samedi de juin 69, l'année de ses vingt et un ans. Étant enfin majeure, elle ne craignait plus de se faire arrêter. L'orphelinat ne la réclamerait plus. La cérémonie avait été civile et des plus simples. Il n'y avait eu que les deux familles avec eux. Martine et Geneviève avaient servi de témoins, Annie et Alex de demoiselle et de garçon d'honneur. Le papé, encore alerte, lui avait donné le bras de la camionnette à la mairie. La formalité terminée, ils étaient retournés au domaine, dans le véhicule décoré de quelques rubans. Ils étaient montés à l'avant, à côté de Georges qui conduisait, tandis que les autres s'étaient joyeusement installés à l'arrière. Elle avait posé sa tête contre l'épaule de Marius, elle avait laissé les larmes de bonheur glisser sur ses joues.

Un sourire radieux illuminait son visage ridé quand elle se remémorait cette succession d'événements qui avaient fait d'elle une femme enfin heureuse.

Quand je suis arrivée à l'orphelinat, Marius y vivait depuis deux ans déjà, rejeté par une mère célibataire qui avait cédé à son nouvel amant : l'homme voulait bien d'elle mais pas de son enfant défiguré.

Il était solitaire, replié sur lui-même, enfermé dans une bulle protectrice lui permettant d'ignorer les moqueries. Je n'étais pas encore consciente de mon aspect mais, instinctivement, c'est vers lui que, tout de suite, je me suis dirigée. Sans doute avais-je pressenti que mon visage allait devenir aussi pitoyable que le sien ?

Il avait accepté ma compagnie avec joie, heureux d'avoir une camarade dans ce triste univers. Nous avons passé une jeunesse morne et grisâtre, réchauffée par l'amitié qui nous unissait. Notre chance fut que cet attachement se mua doucement en un profond amour. Ce sentiment qui nous liait nous aidait à affronter la cruauté de notre entourage. C'était aussi notre faiblesse : nous ne pouvions envisager de vivre l'un sans l'autre.

L'orphelinat était un lieu déprimant et hostile, mais familier. Nous en connaissions les codes et les pièges. Ce qui nous attendait dehors nous faisait fantasmer et nous terrifiait en même temps. Nous avons vu arriver avec angoisse le moment où l'institution a rejeté Marius avec autant d'indifférence qu'elle l'avait enfermé.

Le lendemain de ses vingt et un ans, il a dû s'en aller. L'assistante sociale lui avait trouvé un emploi, une chambre meublée. Je me suis sauvée la nuit suivante. Je l'ai rejoint à l'endroit convenu : devant la gare. Nous nous sommes glissés dans un wagon du premier train de marchandises venu, nous souciant peu de sa destination, veillant seulement à ne pas être vus.

Nous savions que nos signalements seraient diffusés le lendemain même de ma fuite. Il était si facile de nous reconnaître que nous cheminions de nuit et seulement sur les routes de campagne. Nous volions de quoi subsister dans les vergers, les potagers, espérant que, les semaines passant, le monde nous oublierait.

Notre errance a duré plusieurs mois. L'hiver venu, trouvant plus difficilement à nous nourrir, nous avons pris le risque de fouiller dans les déchets abandonnés sur les marchés.

Nous étions sales, épuisés par la malnutrition, nous avions perdu l'envie de vivre. Nous étions résignés à mourir côte à côte et la main dans la main. Il y a eu alors ces deux familles qui nous ont accueillis.

Nous avons pu panser nos blessures, espérer un autre sort qu'une lente agonie dans un coin de campagne. Certaines choses nous ont paru possibles. Poussé par nos amis, Marius a consulté un médecin qui l'a aussitôt adressé à un spécialiste de Montpellier. Cet homme compétent et généreux lui a fait passer tout un tas d'examens. Mais il a renoncé à opérer. Trop de veines en profondeur, trop de je-ne-sais-quoi interdisant l'intervention réparatrice. Lors de notre dernière entrevue, il nous a fait part de ses conclusions avec un évident regret. Mais, alors que nous prenions congé, il m'a serré la main, laissant tomber avec une feinte désinvolture :

— Vous, par contre, madame, vous pourriez aisément faire arracher ces vilaines quenottes. Un simple dentier vous donnerait un aspect plus ordinaire.

Sur l'instant, nous n'avions pas fait cas de cette réflexion. Nous l'avions consulté pour Marius et notre désillusion occultait tout le reste. Par la suite, pourtant, je n'ai pas cessé d'y penser. Un dentier ? Comment avions-nous pu oublier ? Nous en avions parlé des dizaines de fois quand nous étions à l'orphelinat.

La remarque du professeur restait gravée en moi, mais un sentiment de culpabilité me retenait. Avais-je le droit d'avoir un visage normal alors que l'homme de ma vie ne pouvait pas ? M'aimerait-il encore si je changeais ? Ne ressentirait-il pas sa disgrâce avec plus de violence ?

« Il resterait tes pauvres jambes », me répondait une petite voix.

Je ne savais que faire. Pourtant, un soir, tandis que nous nous restaurions, Marius évoqua sa déception sans trace d'amertume.

— Au fond, je n'y croyais pas vraiment. Il me semblait que, s'il y avait eu une réelle possibilité d'enlever cette boursouflure, le médecin qui venait à l'orphelinat m'en aurait parlé. Il avait pitié de moi. Je n'ai pas pu m'empêcher d'espérer, bien entendu. On ne peut s'interdire de rêver contre toute logique. Mais j'ai à nouveau accepté l'idée de mourir avec ce pauvre visage.

Nous étions touchés par ses confidences, moi plus que les autres sans doute, quand il a eu cette réflexion qui m'a donné un coup au cœur :

— Par contre, je n'ai pas oublié la dernière remarque du professeur.

Il avait laissé passer un court silence avant d'ajouter, péremptoire :

— Roberte va se faire arracher les dents. Elle portera un dentier.

Leur surprise passée, nos amis avaient bruyamment approuvé, avouant qu'ils avaient évoqué cette possibilité entre eux mais qu'ils n'avaient jamais su comment nous en parler. Moi, je ne voyais plus rien. J'avais le sentiment d'être noyée dans un brouillard lumineux. Je ne percevais que des sons dont émergeaient des mots dénués de sens. J'ai terminé le repas dans un état second, l'esprit confus. J'ai attendu d'être couchée entre les bras de mon homme pour demander, d'une petite voix :

— Tu m'aimerais encore si j'étais différente ?

— Je t'aimerai toujours, Roberte. D'abord, je suis certain que tu seras jolie.

Je n'avais pu retenir mes larmes, la gorge nouée. Puis une idée m'était venue, tout à fait incongrue. Je m'étais esclaffée de si bon cœur qu'il n'avait pu s'empêcher de rire avec moi.

— Roberte, à quoi penses-tu ?

J'avais expliqué, entre deux hoquets :

— On pourra s'embrasser ! Comme les autres couples !

Notre hilarité avait redoublé, mêlée de larmes amères. Nous n'avions jamais pu nous embrasser à cause de ces saletés qui jaillissaient de ma mâchoire.

La semaine suivante, Martine et Geneviève avaient profité du marché pour me prendre rendez-vous chez l'orthodontiste. J'étais tellement anxieuse, le jour venu, que je leur avais demandé de m'accompagner dans le cabinet du praticien, ce qu'il avait accepté. Son examen terminé, il s'était étonné :

— Pourquoi n'êtes-vous pas venue plus tôt ?

Je n'avais su que répondre. J'avais bafouillé quelques mots inintelligibles, les yeux mouillés. Fin psychologue, il n'avait pas insisté. Il avait tranquillement expliqué, s'efforçant de me rassurer :

— Un simple dentier fera l'affaire. La semaine prochaine, je commencerai par arracher vos dents. Ce sera une opération assez lourde, bien entendu, mais relativement bénigne. Nous laisserons passer quelques semaines afin que votre mâchoire cicatrise, puis je prendrai les empreintes qui permettront au prothésiste de vous fabriquer des dents de star ! Quand nous en aurons terminé, madame, vous pourrez faire d'aussi belles risettes que Clark Gable qui, comme chacun l'ignore, ne doit son sourire ravageur qu'à un dentier !

De retour au mas, j'avais laissé Martine et Geneviève donner les détails de ce qui m'attendait. Mon homme s'était tourné vers moi, les yeux brillants.

— Bientôt, ma Roberte, tu pourras sourire sans avoir à te mettre une main devant la bouche.

Je me souviens d'avoir objecté d'une voix tremblante :

— Je dois y réfléchir encore… je ne suis pas décidée…

— Mais nous, on l'est et on t'y traînera de force s'il le faut ! avait lancé Martine en faisant mine d'être fâchée.

Ils avaient pris ma destinée en main. Je n'avais plus mon mot à dire, ce qui me convenait.

Geneviève, qui conduisait, et Martine, assise au milieu, me jetaient de petits coups d'œil en coin tandis que nous roulions vers le domaine. Je n'avais pas dit un mot depuis que nous avions quitté Ganges.

— Tu as mal ? s'était enquise Martine, compatissante.

J'avais grogné un vague « non » sans desserrer les lèvres : j'avais la mâchoire supérieure endormie. Je passais régulièrement le bout de ma langue sur le fil recousant mes gencives. L'absence de mes vilaines dents me troublait. Je pouvais réellement fermer la bouche pour la première fois de ma vie, et c'était perturbant.

— On arrive.

Geneviève avait conduit tout en douceur, autant pour m'éviter les cahots que pour épargner ses pneumatiques. À peine s'était-elle garée devant le mas que Marius et nos amis étaient venus nous rejoindre. Mon époux avait contourné la camionnette avec empressement pour m'aider à m'extirper de mon siège. Je tremblais tant que mes jambes me portaient à peine. Bouleversée, émotionnée, je gardais la tête baissée, le menton collé sur la poitrine.

— Roberte…

Il m'avait obligée à relever le front. J'avais les larmes aux yeux. Le sang pulsait furieusement à mes tempes. Il m'avait regardée longuement, sans rien dire, puis il m'avait serrée très fort contre lui.

— Je t'aime, ma Roberte.

— Ça me gêne ! avais-je pleurniché quand l'orthodontiste m'avait mis l'appareil.

— C'est normal au début, madame. Dans quelque temps, vous n'y ferez plus attention.

En fait, ce n'est pas la prothèse elle-même qui m'incommodait, mais plutôt ce changement de physionomie qu'il impliquait car, à présent, bien que crispé encore, mon sourire dévoilait des dents parfaites.

Le retour vers la vallée m'avait paru interminable. J'avais gardé une fois de plus le front baissé pour fuir le regard des deux femmes qui ne cessaient de me dévisager. Les hommes et les enfants, qui nous guettaient, étaient sortis pour m'accueillir. J'avais quitté le véhicule le cœur fou. J'étais restée figée, incapable de faire un pas de plus tant j'étais émue.

Marius s'était avancé. Il avait le pas lent, comme s'il hésitait. Avait-il peur ? Planté devant moi, il avait pris mon visage entre ses mains, avec douceur. Il m'avait obligée à lever la tête et à le regarder, les yeux noyés. Puis il avait murmuré, d'une voix sourde et chevrotante :

— Fais voir ton beau sourire. Allons ! Fais-moi un beau sourire.

Je m'étais contrainte à desserrer les lèvres, le cœur pris de folie, et j'avais esquissé une grimace.

— Mon Dieu, Roberte, viens voir comme tu es jolie !

Il m'avait prise par la main, sous le regard attendri de nos amis, et m'avait entraînée jusque chez nous. Jusqu'au miroir.

— Regarde à quel point tu es belle !

Là, les yeux écarquillés, j'avais découvert l'étrangère que j'étais devenue. J'avais longuement admiré cette bouche aux lèvres pulpeuses que je ne connaissais pas. Je ne pouvais croire qu'elle était mienne.

Il a fallu tout l'amour de mon mari et l'assurance que rien n'avait changé entre nous pour que j'apprivoise ma nouvelle frimousse, que j'accepte l'idée que, débarrassée de ces horribles dents, j'étais presque mignonne.

Bien sûr, il y a mes jambes, si déformées que même une robe ample ne cache pas leur distorsion. Mais depuis plus de quarante ans, chaque matin, pendant quelques secondes, je contemple ce faciès qui vieillit, se ride et se flétrit.

Comme un visage ordinaire.

XXIII

C'ÉTAIT UN VENDREDI SOIR. Il n'oublierait jamais. Son repas terminé, il avait étalé divers documents sur la table de la cuisine quand les phares d'une voiture descendant le chemin attirèrent son attention.

« Guillaume ? Ou Danielle ? »

Il sortit sur le pas de la porte, intrigué, et reconnut le véhicule.

« C'est elle ! »

La lune se reflétait sur le pare-brise, estompant le visage de la femme. Il attendit, profondément ému.

Elle le rejoignit avec une certaine hésitation mais, lorsqu'il ouvrit les bras, elle se blottit contre lui. Il lui caressa la nuque sans dire un mot. Parler n'aurait eu aucun sens. Il l'entraîna vers la maison, vers sa chambre. Leur chambre à présent.

C'était si simple.

J'écoute sa respiration lente et tranquille et c'est comme si nous ne nous étions jamais quittés. J'ai retrouvé la fraîcheur de sa bouche, le goût de sa peau, l'odeur de sa sueur.

Nous avons mêlé nos souffles, notre salive, nous avons renoué les fils du passé. Puis nous sommes restés enlacés, très longtemps, sans dire un mot, goûtant ce moment magique où la félicité est telle qu'elle efface tout ce qui fut.

Mon amour dort. Mes paupières se ferment. Le sommeil me gagne à mon tour.

Le mouvement, à peine perceptible, l'éveilla aussitôt. Il ouvrit les yeux. Son regard plongea dans celui de la femme qui, depuis quelques minutes, le contemplait avec bonheur.

Ils se sourirent.

Elle se réfugia entre ses bras. Ils restèrent enlacés un long moment, les yeux fermés.

Le grognement bruyant d'un estomac les fit rire.

— On se lève ?

Ils s'habillèrent en silence. Ils n'éprouvaient pas le besoin de parler. Ils gagnèrent la cuisine, ils firent leur toilette côte à côte avec l'aisance des vieux couples. Ils déjeunèrent ensuite, assis face à face et les yeux dans les yeux. Tout semblait naturel, comme s'ils avaient passé leur vie ensemble.

Une belle journée commençait, la première de leur nouvelle existence. Du moins Alex l'espérait-il. Il ne l'avait pas questionnée, la veille.

— Tu vas rester ?

— Tout le week-end. Nous nous sommes salement engueulés, Jean-Claude et moi. Du coup, il finira la semaine sans moi.

— Cette dispute, c'était à quel sujet ?

— À propos de nous deux. Il fallait bien que ça arrive. Hier, quand je lui ai dit que je comptais passer le dimanche au domaine, il m'a accusée de vouloir renouer avec toi. Je lui ai rétorqué que je ne l'empêchais pas de m'accompagner, mais son regard a brièvement fui le mien, ce qui a conforté mes soupçons : il a une histoire avec une de nos caissières. Une divorcée. Il y a pas mal de temps que ce bruit court dans le magasin mais, pour être franche, ça ne me touchait pas.

— En ce qui me concerne, depuis que j'ai quitté Danielle, je n'ai cessé de penser à nous et de t'attendre. Mais tu dois faire un choix, Annie. C'est lui ou moi, mais pas les deux en même temps. Je le vivrais très mal.

Il s'en voulut aussitôt de s'être montré si intransigeant. Ce n'était pas honnête de sa part : il n'avait rien à perdre, puisqu'il avait tout perdu. Ce n'était pas le cas d'Annie. Elle n'avait pas le choix entre deux hommes, mais entre deux conditions :

directrice adjointe très bien payée, ou bien chômeuse, compagne d'un chômeur habitant un taudis.

— Nous n'avons plus la moindre intimité, le rassura-t-elle. Nous ne nous parlons que dans le cadre du travail, ou pour nous engueuler, comme hier.

— Vous faites chambre à part ?

— Non, Alex, mais c'est tout comme.

Elle le regarda avec reproche.

— Tu ne me crois pas ?

Elle frissonna.

— Rien que d'imaginer qu'on puisse encore...

— Pardonne-moi, Annie. C'est important pour moi. Mais... vous envisagez de vous séparer, vous aussi ?

— Nous n'en sommes pas encore là mais ça me semble inéluctable. Nos relations sont devenues exécrables. Nous ne pourrons pas continuer comme ça.

Le regard de son amant l'intrigua.

— À quoi penses-tu ?

Il esquissa un sourire embarrassé et lui montra les documents qu'il avait repoussés sur le côté de la table.

— Puisque aucune entreprise ne veut de moi, je vais créer la mienne. J'ai un projet sérieux en tête, Annie. Un projet qui pourrait nous permettre de vivre à l'aise tous les deux. Si tu veux bien partager ma vie, bien entendu.

La femme ne réagissant pas, il poursuivit avec espoir :

— Il nécessiterait une mise de fonds importante. J'ai pas mal d'argent de côté et je pourrais compter sur diverses aides et subventions. Le problème, c'est qu'il manquerait une belle somme encore. C'est pour cela que... si tu acceptes d'y participer, tu devrais compléter les capitaux dont je dispose.

Elle resta silencieuse un long moment.

— Expose-moi ton idée, dit-elle finalement. S'il me suffit d'investir mes économies pour ne plus dépendre de mon mari, alors je suis preneuse !

Lorsqu'ils sortirent, la main dans la main, Marius qui binait un carré de terre en fut bouleversé. Le cœur battant, il suivit du regard le couple qui remontait le chemin.

« C'est arrivé ! Roberte ! Il faut que je lui dise ! »

Il se tourna vers la maisonnette. Son épouse était sur le seuil. Elle souriait aussi largement que lui.

XXIV

ILS ÉTAIENT ASSIS tous les quatre autour de la table, chez les fantômes. Alex avait laissé passer le rituel du café, puis il avait ouvert l'épais dossier qu'il avait apporté.

— Comme vous le savez, j'ai perdu tout espoir de trouver un poste dans mon domaine. Il ne me reste qu'une solution si je veux éviter de finir au RSA : monter ma propre entreprise.

Ils écoutaient, la mine grave.

— J'ai envisagé diverses activités et j'étais plus ou moins résigné à choisir le domaine qui me déplaisait le moins quand une réflexion de ma future belle-fille m'est revenue en mémoire. Le jour où elle a découvert la vallée, elle a fait remarquer que, s'il était en bon état, le mas ferait un gîte magnifique. En y repensant, j'ai trouvé l'idée séduisante. J'ai imaginé le bâtiment entièrement restauré, la cour et les terrasses aménagées, et là…

je m'y suis vu ! Le problème était de savoir si cette activité pouvait être rentable.

Il ouvrit son dossier, il en sortit une liasse qu'il étala sur la table : des schémas, des photos, des tableaux chiffrés et des photocopies.

— J'ai pas mal bougé, ces derniers jours. Avant toute chose, j'ai fait analyser l'eau du puits pour m'assurer qu'elle était potable selon les normes actuelles, ce qui est heureusement le cas. J'ai ensuite consulté les sites de la maison du tourisme, de l'office du tourisme et de l'antenne locale des Gîtes de France. J'ai visité une dizaine de gîtes, de Ganges à Anduze, afin de me faire une idée. J'ai pu analyser les déclarations de revenus de certains loueurs, je me suis renseigné sur les subventions possibles, bref, j'ai recueilli un maximum de données. J'ai également profité d'un aller-retour à Montpellier pour acheter un logiciel d'architecture. J'ai modélisé le mas en fonction de mon projet et j'ai édité les plans ainsi obtenus. Ils m'ont permis de demander un devis à deux entrepreneurs différents, ces visites qui vous ont tant intrigués, ajouta-t-il en souriant à l'adresse des retraités. Bien entendu, j'ai calculé le coût des aménagements intérieurs et extérieurs compte tenu de ce que j'ai vu dans la région. J'ai ainsi pu comparer l'investissement nécessaire au chiffre d'affaires réalisable. Le résultat est positif : une telle affaire serait des plus rentables.

— Ces chambres d'hôte, tu penses pouvoir les louer cher ? s'enquit Roberte, perplexe.

— Heu… je compte faire des gîtes. Ce n'est pas la même chose.

Il expliqua brièvement :

— Louer une chambre d'hôte – pour une seule nuit le plus souvent – est plus contraignant et moins intéressant que louer un gîte qui n'implique aucun service.

— Et… ça peut rapporter combien ? insista la femme.

— Tout dépend de l'environnement et des loisirs proposés. En saison, le gîte le plus classe que j'ai pu visiter se loue huit cent cinquante euros la semaine.

Il précisa, devant l'air effaré du couple :

— Le cadre est magnifique et les prestations à la hauteur : piscine chauffée, court de tennis, boulodrome, jeux pour enfants, et j'en passe. Nous avons nous aussi un cadre exceptionnel et suffisamment de terrain pour installer les mêmes prestations. Vu la superficie du mas, nous pourrions disposer de trois logements similaires, ou de six plus petits. Se contenter de trois grands réduirait les coûts d'aménagement et rapporterait deux mille cinq cent cinquante euros par semaine. En faire six reviendrait plus cher mais générerait trois mille euros. À terme, ce serait plus rentable. C'est la solution que j'ai retenue.

Il tapota les feuilles étalées devant lui.

— Je n'ai pas valorisé divers services payants comme la location de draps ou le ménage de fin de séjour. J'ai préféré me montrer raisonnable et calculer au plus juste pour faire mon business plan.

Comprenant à la mimique perplexe des retraités que ce dernier terme ne signifiait rien pour eux, il s'efforça de simplifier son discours.

— Je ne vais pas vous noyer dans les détails. Disons que les informations récoltées m'ont permis d'établir un compte d'exploitation basé sur une rentabilité hebdomadaire de cinq cents euros par gîte. J'ai noté les frais fixes comme les assurances, l'amortissement des immobilisations, les salaires éventuels et les charges variables qui sont proportionnelles au volume d'activité, etc., et j'en ai déduit le point mort.

— Heu… le point mort ? Qu'est-ce que c'est ? s'inquiéta Marius qui ne comprenait rien.

— Le chiffre d'affaires qu'il faut atteindre pour que les entrées équilibrent les sorties.

— Ah, d'accord ! Après ça, on fait du bénéfice.

— Ce n'est pas si simple. Disons que quand on le passe, le bonus sert à rembourser les emprunts.

Il montra le schéma réalisé à partir d'une photo du mas et de son logiciel d'architecture.

— Comme vous voyez, on pourrait aménager six logements dans le corps principal. Deux par palier, l'accès se faisant par un escalier extérieur situé au milieu. En ce qui concerne la grange, le rez-de-chaussée pourrait être transformé en salle de banquet – il suffirait de s'associer avec un traiteur pour organiser des mariages et des réceptions. Quant à l'étage, nous en ferons un loft où nous habiterons, Annie et moi.

Marius hésita, puis posa la question qui le tracassait :

— Tu n'arrêtes pas de dire nous, depuis tout à l'heure. C'est qui, nous ? Juste vous deux, ou bien nous tous ?

Alex était persuadé que leurs amis avaient dû amasser un beau pécule en quarante ans : ils n'avaient pratiquement aucune charge et vivaient essentiellement de leur production. Mais il avait fait ses calculs sans tenir compte de leur éventuelle participation financière. Il s'efforça donc de les rassurer :

— Je veux dire nous tous pour une raison simple : le domaine nous appartient à tous les quatre. Aucun de nous ne peut en changer la destination ni faire des travaux sans l'agrément des trois autres. Si ce plan vous paraît intéressant, si vous acceptez qu'Annie et moi le réalisions, nous aurons besoin de votre adhésion, mais rien de plus. Financièrement, nous disposerons du nécessaire.

Marius déglutit avec une certaine difficulté. C'était un homme sans beaucoup d'instruction. L'ampleur du projet l'effrayait. Et puis, surtout, il y avait cette crainte dont ils ne s'étaient jamais débarrassés.

— Beaucoup de monde viendra, alors…

Alex hocha la tête. C'était, il le savait, ce qui leur ferait le plus peur.

— En effet. Mais si vous êtes d'accord, nous isolerons le mazet des logis. Une barrière de bois empêchera les locataires d'approcher. Elle sera symbolique, mais elle devrait suffire. Nous ferons en sorte que votre intimité soit préservée.

Le couple restait soucieux. Roberte s'éloignait rarement mais Marius aimait ses promenades en forêt. Des vacanciers au mas, c'était autant de randonneurs qu'il croiserait, qui porteraient sur lui ces regards qui le mettaient mal à l'aise. Il jeta un coup d'œil à son épouse qui semblait aussi contrariée que lui mais lui laissait, de toute évidence, le soin de décider.

— Si on accepte, qu'est-ce qu'on devra faire, Roberte et moi ?

Alex cacha son soulagement. Il savait que l'afflux de touristes leur poserait davantage problème que l'aspect technique du projet. Leurs amis ne rejetaient pas l'idée d'emblée, cependant. C'était bon signe. Il poursuivit, comme si ce souci était réglé :

— La seule chose qu'on vous demanderait serait de ne pas inclure l'appartement de Georges dans votre lot afin que nous puissions l'intégrer à notre SCI et disposer de six gîtes.

— Ça, ce serait facile, murmura le vieux bonhomme. Le potager et le mazet suffisent à notre bonheur. Mais… c'est quoi une SCI ?

— C'est une société qui permet à plusieurs personnes de mettre leurs avoirs en commun afin de réaliser un projet immobilier. C'est le montage le mieux adapté à ce type d'opération. Il nous donnerait les moyens de restaurer notre propriété puis de la louer à la SARL qui gérerait les gîtes. Ainsi, quoi qu'il arrive, même si la SARL faisait faillite, vous ne seriez pas concernés.

Il insista :

— Que notre entreprise capote, qu'elle ne soit pas rentable, que nous soyons contraints de vendre, rien ni personne ne pourra vous enlever votre bien ! Cela dit, vous me croirez volontiers, je pense, si je vous affirme que ni Annie ni moi n'avons envie de nous engager dans une affaire hasardeuse.

Les retraités semblant complètement perdus, Annie les rassura :

— La terre ne vaut pas grand-chose, mais le mas encore moins vu son état. Donc si vous me laissez la pleine possession du logement de papa, ce sont les champs, les forêts et le mazet qui constitueront l'essentiel de votre part. Je confirme ce que vient de dire Alex : si nous faisions faillite – il n'y a pas de raison *a priori*, mais on ne peut négliger cette possibilité –, vous conserveriez le potager et votre maison. Vous ne perdriez que les terrains qui ne vous intéressent pas.

— On ne peut pas s'arranger entre nous, tout simplement, comme vos parents l'avaient fait ? risqua la vieille femme, mal à l'aise.

— On ne peut pas, Roberte, puisque nous devrons valoriser nos apports respectifs dans la SCI. Or il n'est pas facile de connaître précisément la part qui revient à chacun d'entre nous. Ce n'est pas évident, même en ce qui me concerne : je possède la totalité d'un logement et la moitié du grenier. Mais qu'en est-il de la grange ? Des champs et des forêts ? Du mazet lui-même ? C'est encore moins simple pour Annie et vous puisque vous vous partagez le reste par moitié.

Marius se frottait pensivement la nuque, le front plissé.

— Ce... ce monde qui viendrait... tous ces gens... on n'a pas l'habitude... d'un autre côté – nouvel échange de regards –, cet héritage, on a toujours l'impression de le voler.

— Vous n'avez rien volé. Si nos parents avaient tenu compte de vos heures pour vous payer, c'est tout le domaine qui vous appartiendrait. C'est aussi pour cela que, si vous acceptez notre projet, nous devrons faire les choses en règle. Nous tenons à vous préserver de tout impondérable.

Alex tapota les dossiers.

— J'ai simplifié les tableaux afin de les rendre compréhensibles. Jetez-y un coup d'œil, faites-les analyser par un conseiller fiscal si ça peut vous tranquilliser. Prenez le temps d'y réfléchir. Rien ne presse. Quant à votre intimité, soyez assurés que nous veillerons à ce qu'elle soit respectée.

Il observa avec inquiétude le couple qui parcourait ses notes avec réticence. Les choses étaient plus complexes qu'il n'avait dit. Mais il refusait d'envisager l'échec. Il disposait d'environ soixante mille euros. L'accord conclu avec Danielle lui laisserait plus du double. Quant à Annie, qu'il n'avait pas eu de peine à convaincre, elle avait près de trente mille euros en propre et pourrait emprunter ce qui leur manquerait. Il avait calculé au plus juste, il avait fait faire les devis nécessaires.

— Ce sera suffisant, avait-il assuré.

« Il n'empêche : nous n'aurons pas droit à l'erreur. »

La perspective d'affronter à nouveau les regards ne nous réjouit pas. Nous ne nous faisons aucune illusion sur l'intimité que pourrait nous assurer une barrière, quand bien même les visiteurs la respecteraient : il y a ces sentiers que je parcours souvent pour le plaisir et que les vacanciers emprunteront inévitablement.

Mais pouvons-nous refuser ?

Nous lui devons tant, à cette vallée. N'est-il pas juste que nous lui permettions de retrouver une nouvelle jeunesse ?

Si cela implique de subir à nouveau des regards curieux, tant pis. Nous nous efforcerons de les ignorer.

Comme autrefois.

XXV

Elle l'avait quitté de très bonne heure, le lundi matin, alors que le ciel commençait à rosir. Il avait vu, avec un pincement au cœur, les feux arrière de la Citroën disparaître au niveau du col. Il était rentré, mélancolique. Il avait fait la vaisselle puis le ménage tout en réfléchissant à leur projet. Sa réalisation impliquait un certain nombre de formalités, la première étant l'obtention du permis de construire. Il avait emprunté à Danielle les plans établis pour leur villa et les avait utilisés comme modèle, ce qui l'avait dispensé de faire appel aux services d'un architecte. Les modifications envisagées étaient importantes mais faciles à représenter grâce au logiciel acheté.

Créer six gîtes indépendants là où il n'y avait que deux duplex et des combles nécessitait de transformer entièrement l'intérieur, de ne laisser subsister que les murs maîtres. Les maçons devraient bâtir l'escalier extérieur et couler des chapes pour séparer les niveaux. Il avait prévu de doter chaque logis d'une luxueuse salle de bains, d'une chambre et d'une pièce à vivre disposant d'une kitchenette. Le chauffage serait électrique mais une cheminée fonctionnelle donnerait une atmosphère conviviale.

Par acquit de conscience, il parcourut une dernière fois son business plan, il vérifia le montant des emprunts nécessaires sans tenir compte des subventions qui ne seraient versées que sur présentation des factures, une fois la construction achevée.

Cela fait, il appela l'un des entrepreneurs qu'il avait convoqués. Ce n'était pas le moins cher des deux, mais celui qui, renseignements pris, avait la meilleure réputation.

Annie lui téléphonait chaque soir, après la fermeture de son magasin. Ses relations avec son mari se détérioraient de plus en plus. Ils essayaient de faire bonne figure devant leurs employés mais, selon ses propres termes, ils se disputaient méchamment dès qu'ils se retrouvaient chez eux. Elle découvrait, affligée, que certains conflits font ressortir ce qu'il y a de plus méprisable en chacun : elle n'aurait jamais imaginé qu'elle affronterait un jour l'homme qu'elle avait épousé avec autant de violence. Aussi vit-elle arriver le samedi soir avec soulagement.

Alex l'avait serrée très fort contre lui. Il avait saisi son bagage et l'avait monté dans la chambre.

Elle l'avait suivi.

Elle avait fait l'amour presque férocement tant elle avait besoin de se libérer de l'agressivité accumulée dans la semaine. Puis, apaisée, savourant la douceur de l'instant, elle s'était confiée. Elle avait raconté les innombrables et pénibles scènes qui l'opposaient quotidiennement à son mari.

— Pour conclure, il a juré qu'il me licencierait si je le quittais.

— Et alors ?

— Je suis là, non ? La bonne nouvelle, c'est que ma banque m'accordera l'emprunt demandé. Où en es-tu de ton côté ?

— J'ai refait mes calculs et j'en arrive toujours au même bilan. J'ai pu me tromper de cinq à six mille euros, mais pas davantage. C'est une marge d'erreur acceptable compte tenu des sommes à engager. J'ai pris rendez-vous avec un expert immobilier. Il nous aidera à faire un partage équitable du domaine, après quoi nous pourrons passer chez le notaire, monter le dossier de la SCI et demander le permis de construire. Dans quelques semaines, normalement, l'entrepreneur commencera les travaux. En attendant, histoire de ne pas perdre de temps, je m'occuperai des aménagements que je pourrai faire moi-même.

— C'est-à-dire ?

— Je restaurerai le mazet afin qu'il soit en harmonie avec le mas. Par la suite, je referai le toit de la grange, puis je consoliderai les murs de soutènement des terrasses. Ce sera autant d'économisé.

— Tu t'en sens capable ?

— C'est du basique. Quand nous avons fait construire, Danielle et moi, nous n'avions pas les moyens de nous offrir du « clé en main ». J'ai donc monté les murets délimitant le terrain, j'ai posé le portail et le portillon. Il n'y a qu'une chose que je n'ai pas faite : le crépi. Là, il faut un coup de main professionnel !

— Tant mieux si tu peux faire une partie des travaux. Nous n'aurons qu'une infime marge de manœuvre, même avec mon emprunt. Le moindre impondérable serait catastrophique.

— Si on rencontrait un vrai problème, je suis sûr qu'on pourrait compter sur les fantômes. Ils ont dû économiser une jolie somme, en quarante ans.

— Tu leur en as parlé ?

— Je m'en suis bien gardé. Il est évident que notre projet ne les enchante pas et qu'ils ne l'ont accepté que pour nous faire plaisir. Je ne tiens pas à les inquiéter davantage en suggérant que nous pourrions manquer d'argent. Le fait qu'ils nous laissent inclure le mas et les terrasses dans la SCI est déjà généreux. Sans leur accord, nous ne pourrions pas donner la même envergure à notre entreprise. Ce sont vraiment de braves gens.

Le lendemain, en début d'après-midi, ils s'étaient assis dans l'herbe, sur l'une des terrasses, pour contempler la vieille bâtisse ensoleillée.

— L'an prochain, à cette époque, nos clients déjeuneront dans la cour, sous de grands parasols.

Les prunelles de l'homme s'étaient assombries.

— En tout cas, il y aura intérêt. Le chômage n'a qu'un temps. Ces gîtes, c'est notre seul espoir. Sinon nous ferons quoi ? Tu es habituée à vivre dans l'aisance…

Elle ne répondit pas. Elle avait commencé sa carrière professionnelle comme employée de base dans le supermarché de ses beaux-parents, ce qu'elle avait trouvé rassurant. Elle avait été tour à tour femme de ménage, approvisionneuse, caissière, avant que son époux ne la forme à la gestion de l'entreprise. À présent qu'elle était à l'aise dans son rôle de dirigeante, elle se voyait mal repartir de zéro. La plupart de leurs collaborateurs faisaient un travail ingrat et chichement payé. Elle en était consciente et avait de la considération pour eux. Mais revenir à ce niveau lui serait difficile. Aussi comprenait-elle l'inquiétude de son amant. Elle voulut le rassurer :

— Tes calculs sont précis ; ça ne peut que marcher. Et quand bien même ! Si un impondérable majeur survient, nous changerons notre fusil d'épaule. Nous vendrons le domaine, nous rembourserons nos emprunts puis, avec le reliquat, nous achèterons un commerce ou une entreprise. Chaque année, il y a des dizaines de petits patrons qui partent à la retraite et cherchent un repreneur. Les opportunités ne manquent pas.

— Je sais, Annie. C'est l'une des pistes que j'avais suivies. Mais transformer notre vallée, la rénover, lui redonner vie… j'y ai pensé si fort que l'idée d'échouer m'est proprement insupportable.

Elle posa tendrement sa tête sur l'épaule de l'homme.

— Nous y arriverons, Alex. Et puis je suis certaine, moi aussi, qu'on pourra compter sur les fantômes, si nous manquons d'argent.

Le lundi suivant, elle avait eu une discussion mesurée avec son époux. Ils avaient pu conclure un accord raisonnable : il acceptait qu'elle quitte le domicile conjugal avant que leur divorce soit prononcé si elle s'engageait, en contrepartie, à former sérieusement sa remplaçante. Soulagée, elle avait aussitôt téléphoné à son amant :

— On ne se verra qu'au travail. L'ambiance restera sans doute pesante, mais sans éclats de voix même si l'idée de coacher sa maîtresse me hérisse. Ce n'est pas tant le fait qu'elle couche avec lui qui me contrarie, mais j'ai du mal à encaisser qu'elle m'ait abreuvée de risettes pendant tout ce temps. Cela dit, cet accord est une bonne chose. Il nous évitera de nous déchirer et, surtout, il me permettra de te rejoindre en toute quiétude. Je déménagerai officiellement dès que nous aurons signé le protocole que va élaborer notre conseil. Je louerai un studio ou une chambre meublée, peu importe pourvu que je puisse y entreposer mes affaires.

— Je t'aiderai.

— Je pourrai m'en charger seule. Je ne prendrai que mes vêtements et diverses bricoles. Rien d'encombrant. Je lui laisse le mobilier.

Il avait deviné le large sourire de la femme à l'intonation de sa voix.

— La liberté n'a pas de prix, dit-on ? Eh bien si ! Elle en a un que je pourrai chiffrer, en l'occurrence. Tu as abandonné l'essentiel de tes meubles à ton épouse alors que vous vous êtes séparés en bons termes, aussi, crois-moi, quand on rompt dans le conflit, on est encore plus coulant ! Je partirais toute nue si je n'avais pas d'autre choix !

Elle le rejoignit un soir, en milieu de semaine, euphorique.

— C'est fait, mon amour. Nous venons de signer notre protocole, ce qui me permet de quitter le domicile conjugal. J'ai pris rendez-vous avec une agence qui me fera visiter deux studios dès demain. Je ne serai pas difficile. Il suffira que je puisse entreposer mes affaires, mettre mon nom sur une boîte aux lettres et communiquer l'adresse à notre conseil. De son côté, Jean-Claude est aussi ravi que moi puisqu'il va pouvoir installer sa maîtresse à ma place. La situation fait jaser dans le magasin, mais, franchement, je n'en ai rien à faire. De toute façon, une fois le divorce prononcé, je me retrouverai chômeuse et je ne reverrai que mes vrais amis. Ce qui m'importe, c'est que je peux rentrer tous les soirs à présent.

Il avait pris le visage de la femme entre ses mains et l'avait regardée avec tendresse.

— Tu viens de dire « rentrer » !

— Mais oui ! C'est ma maison, ici ! Pour le restant de ma vie.

La douceur de la matinée les avait incités à se lever de bonne heure, ce dimanche de juin. Ils avaient déjeuné devant le mas afin de voir le ciel s'enflammer puis bleuir lentement. Ils goûtaient le luxe d'être ensemble et, surtout, d'être libres d'en profiter.

La table débarrassée, Annie embrassa son amant sur le bout du nez.

— Je vais trier les papiers de papa. Il y a un carton plein dans son armoire. Il n'y a pas grand-chose d'intéressant a priori, mais ça me donnera une idée plus précise de la vie qu'il menait.

— Veux-tu que je t'aide ?

— Ce ne sera pas nécessaire. Ça ira vite. Pour l'essentiel, il n'y a que des factures, des relevés bancaires et quelques lettres que je n'ai pas eu le temps de lire. C'est d'ailleurs pour ça que j'ai conservé ces documents.

Il surfait une fois de plus sur le site des sociétés et des particuliers louant des gîtes quand elle revint, perplexe, une liasse à la main.

— Tu en fais une tête !

Elle s'assit à ses côtés.

— Je ne sais que penser. Il y a un détail surprenant dans ses relevés bancaires.

— Montre-moi ça.

Il repoussa son portable pour qu'elle puisse étaler les feuilles devant eux.

— Voilà ceux de décembre 2008. Juge toi-même.

L'anomalie lui sauta immédiatement aux yeux.

— Je vois ce qui te chagrine. Ce gros dépôt ?

— Oui. C'est une somme énorme. Qui l'a tiré d'un sacré pétrin. Il était couvert de dettes : un emprunt élevé, ses cotisations en retard, les fournisseurs qu'il ne pouvait payer.

Elle secoua la tête avec incompréhension.

— Il ne m'avait jamais parlé de ses problèmes. On s'était réconciliés depuis longtemps pourtant. J'aurais pu l'aider.

— C'était un homme fier, Annie. Compte tenu de son caractère, il me semble normal qu'il t'ait caché sa situation.

— Sans doute, mais… une telle somme… Il y a autre chose. Regarde : ces dépôts, beaucoup moins importants mais qu'il a fait chaque mois, de janvier 2009 à mai 2010. En liquide, eux aussi et sans lesquels il n'aurait pu continuer à employer Marius. Je ne comprends pas d'où il sortait cet argent ! Tu n'aurais pas...

— Ce n'est pas moi, Annie. Même si j'avais eu les moyens de l'aider, ça me serait d'autant moins venu à l'esprit que je ne savais rien de sa situation financière. Il jouait au tiercé ?

— Il ne s'intéressait ni aux courses ni aux jeux d'argent. De toute façon, dans un cas comme dans l'autre, il n'aurait pas touché son gain en liquide.

— C'est vrai. Tu as raison.

Il tapota pensivement les feuilles étalées devant eux.

— Il vendait peut-être une partie de ses récoltes au noir ? Il aurait pu être de mèche avec une entreprise agroalimentaire ou un grossiste le payant de la main à la main ?

— Ce genre d'accommodement n'aurait présenté aucun intérêt pour lui. Ses revenus étaient si faibles qu'il n'était pas imposable.

— Dans ce cas, c'est son acheteur qui y trouvait un avantage ?

— Le dépôt de 2008 est beaucoup trop important pour concerner ses récoltes.

— On peut alors imaginer... ce n'est qu'une suggestion : tu sais que certains agriculteurs touchent des subventions et que c'est parfois prétexte à magouilles. Il avait peut-être ce genre de combine ?

— Il faudrait creuser de ce côté-là, convint-elle à contrecœur.

— Je n'en vois pas l'intérêt. Quel que soit le trafic qui lui a permis d'encaisser une telle somme, sa mort y a mis un terme.

— Sans doute, Alex, mais c'est de mon père qu'il s'agit. J'ai envie de savoir.

— Comme tu veux. Je vais t'aider à éplucher ses papiers et ses livres de comptes. On trouvera peut-être d'autres anomalies ?

Il était plus de midi quand ils eurent fini de consulter les archives du paysan. Sans être plus avancés pour autant. Ils ne comprenaient pas d'où pouvait provenir l'argent versé. Plus dérangeant, leurs recherches leur avaient révélé que Roberte n'avait jamais été déclarée. Annie en fut choquée sur l'instant, mais Alex lui rappela que leurs mères ne l'avaient pas été non plus.

— On l'oublie de nos jours, mais c'était courant à l'époque. Les femmes de paysans, d'artisans et de commerçants étaient rarement déclarées. La nécessité de préparer sa retraite restait abstraite pour beaucoup. De toute façon, vu l'état de leurs finances, nos parents n'auraient jamais pu payer deux ouvriers. C'était déjà généreux de leur part d'employer Marius. D'ailleurs, s'il avait raisonné en chef d'entreprise, ton père aurait dû le licencier bien avant 2008. Ce gros dépôt l'a sauvé de la faillite.

Alex se caressa la nuque, perplexe.

— À part une entente avec un grossiste le réglant en liquide, ou une arnaque aux subventions, je ne vois pas d'où peut venir cet argent. Cela dit, il a eu de la chance. Si le fisc avait mis le nez dans ses comptes, il aurait dû répondre à des questions embarrassantes.

— Les fantômes savent sûrement ce qu'il en est.

— Laisse tomber, Annie. Ses magouilles, si magouilles il y a, sont mortes avec lui. Je lui en ai énormément voulu car il a gâché notre vie d'une certaine manière. Mais je dois reconnaître que c'était un homme honnête et droit. De toute façon…

Il tapota la liasse de bordereaux.

— Quoi qu'il ait fait, on ne peut pas lui reprocher de s'être enrichi.

Il se posait pourtant une question embarrassante, mais qu'il ne pouvait formuler : et si ces revenus résultaient d'une extorsion ?

Mais qui Georges aurait-il pu faire chanter ?

Qui et pourquoi ?

Annie a fait allusion aux sommes versées sur le compte de son père. Elle nous a demandé si nous en connaissions la provenance. Elle a fait semblant de ne pas y attacher d'importance mais il est évident qu'elle espérait une explication.

Nous avons soigneusement évité de nous regarder, Roberte et moi, pour ne pas nous trahir. L'envie de tout lui raconter m'a traversé l'esprit. Mais Georges nous avait fait jurer de garder le silence. Nous lui avions donné notre parole.

Certes, à présent qu'il est mort, ce secret n'a plus de raison d'être. Mais à quoi bon révéler ces accords de miséreux. Nous avons la fierté des pauvres, nous ne tenons pas à mettre notre rôle en avant. S'il le faut vraiment, si cela devient nécessaire, nous lui expliquerons.

Elle n'en reviendra pas.

XXVI

ELLE ÉTAIT ASSISE en tailleur sur le lit, nue, magnifique. Elle lui souriait, heureuse et apaisée. Le soleil entrait à flots par la fenêtre entrouverte et caressait sa peau couleur miel. Il lui tendit le verre d'eau qu'il était allé chercher et reprit place à ses côtés. Elle but, puis elle se blottit contre lui. Il l'entoura de son bras et se coucha, l'entraînant avec lui. Ils étaient si bien qu'ils glissèrent tout doucement dans le sommeil. Une demi-heure à peine. Elle s'éveilla quand elle le sentit s'étirer.

— Il y a bien longtemps que je n'avais fait la sieste, constata-t-elle, surprise. On se lève ?

Ils s'habillèrent puis ils descendirent. Alex ne pouvant s'empêcher de regarder pensivement le dossier posé sur la table, elle l'embrassa légèrement sur la joue.

— Chasse ce vilain pli de ton front et profitons de ce dimanche.

Elle lui prit la main et l'entraîna dehors. Ils gagnèrent le col, ils s'assirent sur le rocher, comme autrefois, afin de contempler le mas.

— Dans quelques semaines, on aura droit au va-et-vient des camions. La démolition devrait être rapide. Bientôt, il ne subsistera que les murs. Ça va nous faire drôle.

— Il faudra déménager le mobilier.

— Ce sera vite fait, Annie. Nous le mettrons à l'abri dans la grange.

— En attendant la fin des travaux, nous dormirons dans mon studio. Ce ne sera pas confortable avec ces cartons qui l'encombrent, mais nous aurons une vraie salle d'eau. De toute façon, ça ne durera pas. Nos débuts seront difficiles, mon chéri, mais dans quelques mois nous vivrons dans l'aisance.

— Comme avant ! avait-il fait remarquer avec un soupçon d'ironie. Tu parles d'un progrès !

Elle l'avait embrassé joyeusement.

— Comme avant, mais ensemble ! Il est là, le progrès !

Elle confectionne un bouquet avec les fleurs cueillies sur les terrasses. Elle a le visage éclairé par un sourire heureux, elle fredonne un air doux, une chanson d'amour.

Je l'observe à la dérobée. Je ne me lasse pas de l'admirer. Elle n'a plus seize ans. Elle n'est plus la jeune fille que j'ai aimée. Mais elle est mieux que ça. Bien plus que ça.

Elle est « ma femme ».

Trente ans de séparation, c'est trente ans d'habitudes, de petites manies. Nous le savions, nous nous y étions préparés : nous avons su accepter nos différences, trouver des compromis. Nos mariages respectifs nous ont appris la nécessité du dialogue. Nous construirons notre couple comme nous édifierons le mas : étape par étape, avec patience et détermination.

Nous passerons les dernières années de notre vie ensemble et ce seront les plus heureuses.

C'est tout ce qui importe.

XXVII

UNE RELATION D'ANNIE, qui travaillait à l'urbanisme, les ayant rassurés sur l'acceptabilité de leur dossier, Alex avait décidé de restaurer le mazet sans attendre que le permis de construire soit accordé.

— Qu'est-ce que tu entends par restaurer ? s'était inquiétée Roberte. Il est bien comme il est notre cabanon.

— Une façade en pierres apparentes à la place de ce crépi qui tombe en poussière, ça ne te plairait pas ?

Un sourire incertain avait déridé le visage fripé de la femme.

— En pierres apparentes ?

— Mais oui ! Ce sera à la fois chic et rustique. Il est important que votre maisonnette soit belle puisqu'elle fera partie du décor.

— Ça va coûter des sous !

— Pas beaucoup. Il faudra peu de matériaux et je ferai moi-même les travaux, ce qui m'occupera utilement. J'en ai assez de me tourner les pouces.

— Mais… tu sauras te débrouiller, mon petit ?

— Sans problème. Décroûter un vieux crépi et jointer les pierres à la langue-de-chat, c'est à la portée d'un bricoleur du dimanche comme moi.

— On pourra en profiter pour arranger la couverture ? s'enquit Marius. On en a souvent parlé, Georges et moi, mais vu la raideur de nos articulations on appréhendait d'attaquer un tel chantier. On se contentait de changer les tuiles qui posaient problème quand il y avait une fuite.

— C'est prévu. Ce serait dommage d'avoir un mauvais toit sur des murs neufs. C'est d'ailleurs par lui qu'il faudra commencer. On protégera soigneusement l'armoire, ce qui nous évitera de la démonter, et on mettra les autres meubles dans la grange. Ce sera l'affaire d'une à deux semaines. Pas davantage. Vous vous réinstallerez dans un mazet entièrement rénové.

L'homme se frotta joyeusement les mains. La perspective d'avoir quelque chose à faire en attendant l'obtention du permis de construire le stimulait.

Les deux couples passèrent la première journée à déménager le mobilier. Alex acheta un petit échafaudage d'occasion dans un dépôt-vente puis, aidé de Marius, il le monta contre un côté du cabanon de façon à être au niveau de la toiture. Il entreprit ensuite d'ôter les tuiles moussues qu'il envoya au pied des murs. Lorsqu'il eut terminé, Marius le rejoignit, curieux. Il écarquilla les yeux en découvrant l'état de la charpente.

— Regarde-moi ça ! C'est à moitié pourri ! À se demander comment ça tenait. Un de ces jours, on l'aurait pris sur la tête.

Alex mesura la longueur des poutres et des chevrons.

— Demain, j'irai chercher le nécessaire.

Pendant que le vieux descendait prudemment, il décloua à grands coups de marteau le contreplaqué qui, fixé sous les pannes, isolait le toit de la chambre. Puis il s'occupa de la charpente proprement dite. Le liant était si poussiéreux au niveau du faîtage qu'il n'eut aucun mal à desceller le bois rongé par les années.

Le lendemain matin, il partit en même temps qu'Annie avec la 403 qui, bonne fille, condescendait encore à rouler. Le contrôle technique effectué le mois précédent avait révélé de multiples problèmes majeurs qui la condamnaient à la casse mais il avait décidé de la conserver jusqu'à ce qu'elle ne leur soit plus utile, au risque de prendre une lourde amende.

L'antique véhicule supportant péniblement la charge, il revint à petite allure de chez le marchand de matériaux, conscient de gêner les automobilistes qui ne pouvaient le doubler du fait des innombrables virages. Il put se garer entre Sumène et le croisement menant au mas pour laisser passer la demi-douzaine de voitures qui lui collaient agressivement au train. Arrivé au chemin, il roula avec infiniment de précaution, craignant à tout moment de déchirer l'un des pneus usés sur les pierres déterrées par les orages.

Il était près de midi lorsqu'il stoppa à deux pas du mazet, poussant un soupir de soulagement. Il reprit son travail après le déjeuner.

Les poutres étant de longueur modérée, il put les monter sans l'aide de Marius. Le soir venu, il avait achevé la charpente : une double pente toute simple.

— Demain, dit-il en partageant avec leurs amis l'apéritif servi par sa compagne, je scellerai les pannes et les chevrons. Je poserai les tuiles puis l'isolant dès que le ciment aura suffisamment durci et je terminerai par un beau plafond de frisette. Cela fait, je m'attaquerai aux façades. Il faudra déménager le poulailler et les clapiers. Dans un premier temps, on les accolera à la terrasse la plus proche. Tu auras un sacré ménage à faire, Roberte. Les bâches ont protégé l'armoire mais il y a des gravats partout.

— Ça en valait la peine, intervint Marius. Si tu avais vu l'état de la charpente, tu aurais eu peur, ma pauvre femme. Tu n'aurais plus voulu dormir dessous ! Mais on ne réaménagera pas tout de suite. Je donnerai d'abord un bon coup de peinture. Comme ça, l'intérieur sera aussi beau que l'extérieur.

— Je t'aiderai, Marius. À deux, ça ira vite.

Une semaine plus tard, les échafaudages enlevés, les gravats évacués, ils avaient admiré la maisonnette à la couverture neuve et aux murs restaurés. Le résultat leur semblait magnifique.

— Je mettrai des rosiers grimpants, avait décidé Roberte qui, jusqu'à présent, ne s'était jamais souciée de fleurir sa demeure.

Alex avait échangé un regard attendri avec sa compagne. Le bonheur de leur vieille amie leur allait droit au cœur.

En attendant la livraison des matériaux prévus pour refaire le toit de la grange, Alex poursuivit sa recherche d'emploi bien que sans conviction. Il obtint une entrevue à Toulouse. Il s'y rendit en dépit de la distance, s'efforçant honnêtement de faire une bonne impression. Mais il fut presque soulagé quand il reçut la lettre de refus. La perspective de ne pouvoir rentrer que le week-end lui déplaisait. Ses retrouvailles avec Annie étaient trop récentes pour qu'il supporte facilement une telle séparation.

XXVIII

COSTA, L'ENTREPRENEUR, était un homme petit et rondouillard, au visage épanoui, au regard malicieux. Consciencieux, il avait tenu à parcourir le chemin de bout en bout en compagnie d'Alex afin de lui faire part de ses réserves. La chaussée était tracée à flanc de colline sur l'essentiel de sa longueur. Vers le milieu, une énorme masse rocheuse n'ayant pu être entamée, les premiers habitants du domaine avaient bâti un mur de soutènement et avaient comblé le vide ainsi formé entre la roche et la muraille. Costa examina soigneusement l'ouvrage de pierres sèches.

— Il est encore solide, conclut-il, satisfait. Nos anciens savaient travailler.

Il remonta sur le chemin et poursuivit son inspection.

— Les trous et les ornières ne sont pas le problème le plus important. Ce qui m'inquiète, c'est l'état du talus, côté pente. Il est fragile par endroits.

Il risque de céder sous le poids des camions. Pour limiter autant que possible les va-et-vient du mien, on accumulera les gravats dans la cour et on ne les évacuera qu'en fin de chantier. Par contre, quand on passera à la reconstruction, je devrai faire livrer des tonnes de matériaux et la chaussée n'y résistera pas. Il sera prudent de faire appel à un terrassier pour élargir la voie là où elle risque de céder.

— Vous ne pouvez pas vous charger de ces travaux ?

— Ça n'entre pas dans mes compétences, monsieur Montell, d'autant que je n'ai pas l'engin nécessaire.

— Vous connaissez un bon terrassier pas trop cher ?

L'homme avait ri de bon cœur, son estomac tressautant en phase avec ses épaules.

— Les clients sont tous les mêmes : le meilleur artisan est rarement le meilleur marché, vous savez.

— Si je l'ignorais, monsieur Costa, ce n'est pas votre devis que j'aurais accepté.

Flatté, l'entrepreneur enchaîna avec un grand sourire :

— Je peux vous conseiller un collègue. J'ai souvent eu l'occasion de le voir travailler. Il est sérieux, il fait du bon boulot et se fait payer au juste prix.

— Je vous fais confiance. Je prendrai ses coordonnées au mas.

Ils s'étaient plantés devant le bâtiment pour regarder les ouvriers qui montaient un échafaudage le long de la façade tandis que d'autres assemblaient les longs cônes en plastique qui permettraient d'évacuer les déblais.

— La démolition, c'est la partie la plus facile et la plus rapide. Nous commencerons par la couverture, bien entendu, puis on s'attaquera aux planchers afin de ne conserver que les murs maîtres. Cela fait, on consolidera les fondations et le faîtage, on coulera les chapes puis on terminera le gros œuvre par la toiture et l'escalier.

Costa s'était frotté les mains, réjoui.

— Vous savez quoi ? Au risque de vous étonner, je préfère restaurer un beau mas comme le vôtre plutôt que de faire du neuf. Ces demeures ancestrales ont une histoire, des souvenirs. Elles ont abrité des secrets, des drames et des bonheurs, aussi. Chaque larme versée entre leurs murs, chaque rire entendu leur a donné un peu d'humanité. Ça vit, une maison. Sa façade vieillit comme une peau qui se ride. Son toit se voûte comme une échine. Pour moi, rénover une bâtisse en ruine, c'est lui rendre sa jeunesse, en refaire le nid chaleureux qui accompagnera de nouveaux occupants dans le voyage de la vie.

Alex l'avait considéré avec étonnement.

« Mais c'est un poète, ce gars-là ! »

Il avait amicalement tapoté l'épaule grassouillette du maçon puis il avait gagné la grange. Il s'était arrêté sur le seuil, regardant d'un air dubitatif l'empilement protégé par d'épaisses bâches. Il s'était fait aider par Marius pour stocker dans un coin le mobilier récupéré dans le mas et que, finalement, Guillaume et Mylène avaient décidé de leur laisser pour leurs gîtes.

Il ferma à demi les yeux, imaginant cet espace tel qu'il l'avait prévu : le rez-de-chaussée transformé en salle de banquet, l'étage aménagé en un loft spacieux et lumineux.

Il sourit. Ce n'était qu'une question de temps.

Chaque matin, il regagnait le domaine avec les provisions qu'Annie avait rapportées la veille, puis il se chamaillait amicalement avec Roberte qui trouvait toujours qu'il apportait trop. Vers les 13 heures, il descendait du toit de la grange pour déjeuner avec le couple, puis il ouvrait son PC et cherchait les rares offres d'emploi susceptibles de lui convenir.

— Mes revenus ont fortement diminué depuis que je suis au chômage et, même s'ils restent confortables, ça ne durera pas éternellement, expliqua-t-il à Marius qui s'étonnait. Un bon salaire, les premières années, ça nous permettrait de rembourser plus vite l'emprunt d'Annie.

Il passait le reste de son après-midi sur son chantier puis, le soir venu, il regagnait leur studio de Ganges. Sa compagne le rejoignait après la fermeture de son magasin et se douchait à son tour pendant qu'il faisait réchauffer le repas concocté par Roberte. Le dîner terminé et la vaisselle propre, ils bavardaient tranquillement, main dans la main et tête contre tête. Ils rêvaient à leur nouvelle existence, aux années heureuses qui les attendaient.

Le lendemain, Annie partait un peu avant 7 heures pour aider son mari et sa maîtresse à préparer l'ouverture de leur surface. Leur situation était à présent connue du personnel, ce qui avait provoqué une sorte de scission, les uns tenant la future directrice pour une garce opportuniste, les autres se réjouissant de l'éviction d'une femme qui ne les avait pourtant jamais mal considérés. Indifférente aux regards compatissants ou ironiques, elle passait ses journées avec sa remplaçante qui, refroidie par quelques réflexions bien senties, avait abandonné son masque de bonne fille. Le dimanche matin, les deux tourtereaux regagnaient la vallée et faisaient le tour du chantier en compagnie des fantômes.

— Voir ce mas dans cet état, ça me fait de la peine, bougonna un jour Marius, tandis qu'ils mesuraient l'ampleur de la démolition.

Il ne restait que les murs maîtres. Les cloisons, les planchers et le toit, tout avait disparu. Plantés au centre de ce qui avait été une cuisine, le nez en l'air, ils regardaient le vide qui s'ouvrait au-dessus du squelette de pierre.

— Si Georges revenait, il en serait malade.

— Nous aussi ça nous peine. Mais ce qui nous console, c'est que dans quelques mois, cette bâtisse sera plus belle qu'avant !

— Sans doute, Alex. Mais elle sera différente. Elle n'aura rien de commun avec celle que nous avons connue.

— Moi, je pense que papa serait heureux, affirma Annie. Il craignait qu'elle ne tombe tout à fait en ruine après lui.

— En attendant, c'est un sacré bazar ! grogna le vieux, têtu.

Amusée, la femme sortit pour considérer la cour encombrée par un énorme tas de gravats.

— Ça, on ne peut pas dire le contraire !

— Patience, les enfants ! Quand tout sera nettoyé, expliqua Alex pour la dixième fois au moins, nous monterons des murets pour séparer le parking de la réception. Entre les deux, nous mettrons du gazon, des massifs de fleurs et des arbustes. La piscine sera à gauche, sur la première terrasse, et le court de tennis à droite. Il y aura le minigolf et le boulodrome au deuxième niveau avec le jardin d'enfants et un labyrinthe de bambou.

Quant aux deux champs du haut, je verrais bien celui de gauche transformé en pépinière et celui de droite en animalerie. On y mettra un abri pour les ânes, le poulailler et les clapiers. Ça devrait plaire aux gamins.

Il s'emballait souvent en décrivant le projet tel qu'il l'imaginait, ignorant les regards qu'échangeaient alors ses compagnons. Il savait, aussi bien qu'eux, mieux même puisqu'il avait fait le plan de financement, que les aménagements extérieurs ne seraient possibles qu'à la condition expresse qu'aucun imprévu ne vienne renchérir le coût des travaux.

Certains jours, l'angoisse m'oppresse et me serre la gorge. Je me plante face au mas, je contemple sa façade décrépie, la montagne de gravats et de déchets qui s'amoncellent et je mesure à quel point ma vie ressemble à ce chantier : une vie en ruine, que je dois reconstruire.

Je pense à ma villa si coquette, à mon emploi routinier et donc sécurisant. Je compare ce passé confortable à l'avenir que j'espère, qui n'est encore qu'un projet. Les doutes m'assaillent alors. Serai-je capable de le mener à bien ?

Il le faudra pourtant : Annie va tout abandonner pour moi, à commencer par une réelle aisance. Je ne peux lui offrir moins que ce qu'elle a quitté.

Je me le suis promis.

Un soir de juillet, Alex avait installé un barbecue devant le mas et l'avait laissé à la disposition de Costa et de ses hommes. Le lendemain, vers 13 heures, les maçons avaient fait des bancs à l'aide de quelques planches posées sur des cairons. Ils avaient joyeusement sorti de leurs gamelles qui des saucisses, qui des côtelettes, qui des brochettes de légumes et de boudin qu'ils avaient fait griller avec des brins de romarin.

Ils avaient déjeuné ensemble : Costa, ses ouvriers, les habitants de la vallée, se passant les litrons de vin rouge et le pain de campagne, savourant le plaisir d'un repas partagé, d'un bavardage amical. La journée terminée, Alex avait regagné le studio d'Annie sans s'inquiéter des gros nuages noirs qui commençaient à coiffer les monts, poussés par la brise du sud.

Un peu après minuit, le vent, violent, avait fouetté les arbres. Les éclairs avaient percé la masse noire des cumulus, le tonnerre avait tonitrué puis un orage avait férocement martelé le sol jusqu'au lever du jour.

Le lendemain matin, l'état du chemin s'étant aggravé, Alex avait dû rouler plus lentement que d'habitude pour éviter d'abîmer son véhicule. Il avait pris le café avec les fantômes et s'apprêtait à gagner la grange quand il avait vu Costa descendre à pied du col. Il était allé à sa rencontre, intrigué.

— Que vous arrive-t-il ? Vous êtes tombé en panne ?

— Non. J'ai laissé mon bahut au croisement avec mes ouvriers. Le talus du chemin s'est tellement dégradé par endroits que, cette fois-ci, je risquerais de basculer.

— Vraiment ? J'ai bien vu que l'orage l'avait un peu plus détérioré, mais pas au point de rendre la circulation dangereuse.

— Elle ne l'est pas pour une berline, mais pour un poids lourd c'est autre chose. Vous ne pouvez plus différer la réfection de la voirie. Le terrassier devra l'élargir au niveau des zones fragilisées afin que les gros-culs puissent les éviter. En ce qui me concerne en tout cas, je ne peux courir le risque de perdre mon camion et, surtout, de blesser mes gars. Nous allons rejoindre ma deuxième équipe qui s'occupe d'un autre chantier en attendant de pouvoir reprendre chez vous.

— Il faut que je voie ça !

Alex avait accompagné l'entrepreneur jusqu'à son véhicule. L'homme n'avait pas exagéré. Il ne l'avait pas remarqué en venant car il s'était concentré sur sa conduite, mais la chaussée s'était effectivement affaissée par endroits. Il confirma le mauvais état de la voirie aux fantômes, il prit rendez-vous avec l'artisan recommandé par Costa puis, désireux d'oublier momentanément cette contrariété, il remonta sur le toit de la grange.

Annie l'attendait depuis une bonne heure déjà quand il rentra.

— Je m'inquiétais. Tu termines bien tard ?

— Excuse-moi. Je n'ai pas pensé à te prévenir. Les maçons n'ont pas pu accéder au domaine, ce matin : Costa estime que le chemin n'aurait pas supporté le passage de son camion. Il ne reprendra le chantier que lorsqu'il pourra circuler sans danger.

— Ça va tout retarder !

— Nous n'avons pas le choix. J'ai contacté le terrassier. Il viendra dès demain pour se rendre compte des travaux nécessaires.

Il eut une moue navrée.

— J'étais tellement énervé par cette complication que je me suis défoulé sur la toiture. Je n'ai pas vu le temps passer.

Le jour suivant, quand Annie le rejoignit, elle le trouva un peu moins pessimiste.

— Le terrassier a parcouru le chemin d'un bout à l'autre. Il m'a fait bonne impression, aussi quand j'ai reçu son devis par Internet, je lui ai téléphoné pour lui donner mon accord. Il pourra commencer la semaine prochaine. Finalement, ça ne retardera les travaux que d'une douzaine de jours. Il élargira la chaussée là où le talus menace de glisser. Il poursuivra par un décaissement, puis par le nivelage.

— On en aura pour combien ?

— Presque quarante mille euros. À peu de chose près, c'est ce que j'avais budgété.

— J'espère que le goudron est prévu pour ce prix !

— Bien sûr, mais comme le va-et-vient des poids lourds qui livreront les matériaux l'abîmerait notablement, nous attendrons la fin des travaux pour le faire effectuer. Nous n'aurons que la moitié, ou guère plus, à sortir dans un premier temps.

— Bétonner la chaussée ne reviendrait pas meilleur marché ?

— Pas du tout. Nous y avons pensé, Marius et moi, mais le calcul a été vite fait. Ça reviendrait plus cher qu'un goudronnage. Je ne parle pas du temps qu'on passerait à étaler le béton de façon uniforme entre chaque livraison.

Le terrassier commença la réfection de la voirie dès le lundi suivant. Le goudronnage étant reporté, il lui suffit d'une dizaine de jours pour rendre le chemin praticable et... prendre congé avec un chèque d'un beau montant.

XXIX

La toiture de la grange étant achevée, Costa avait chargé trois maçons de couler les chapes puis l'escalier de béton donnant accès à l'étage. Cela fait, les ouvriers avaient ouvert une baie à l'est afin d'ajourer davantage le futur loft.

Une fois ce gros œuvre terminé, Alex décida de quitter leur studio encombré de cartons et donnant sur une artère si bruyante qu'il ne pouvait dormir sans boules Quies. Il éplucha les petites annonces de divers sites, il passa quelques coups de fil pour, finalement, conclure avec un couple âgé vivant à Nîmes. C'est ainsi qu'un lundi, en fin de matinée, tandis qu'aidé de Marius il achevait de remettre son mobilier à l'abri dans la grange, il vit une puissante Mercedes descendre lentement le chemin en tractant une caravane.

— C'est une Burstner de 1991, précisa-t-il aux fantômes qui, après le départ des vendeurs, étaient venus l'admirer. Elle nous servira de chambre. Ici, au moins, nous dormirons au calme. Il y a une mini-salle d'eau et un radiateur électrique qui nous assureront un minimum de confort.

— Tu l'as achetée sur Internet ?

— Oui, Marius. Cette remorque était l'une des plus intéressantes, compte tenu de son âge et de son état. De plus, ça a joué dans la négociation, les propriétaires étaient disposés à la tracter jusqu'ici.

— Tu l'as payée cher ?

— Trois mille euros. Ça ne grèvera pas notre budget dans la mesure où nous pourrons la revendre à prix coûtant ou presque, quand le loft sera habitable.

— C'est plus petit mais mieux que chez nous, avait admis Roberte en admirant l'intérieur propre et coquet.

Lorsque Annie, prévenue par téléphone, l'avait rejoint en sortant du travail, Alex lui avait fait découvrir leur nouveau cadre de vie. Marius l'avait aidé à tirer la caravane à l'abri, dans la grange, et à installer un bahut bas, une table et des chaises à deux pas de l'ouverture.

— La grange nous servira de séjour tant que le temps le permettra. Viens voir la chambre, ma chérie.

Elle l'avait suivi dans la Burstner et avait apprécié le confort de l'habitacle.

— Nous serons mieux que dans le studio. Tu as eu une bonne idée, mon amour.

Elle s'était assise sur le canapé-lit pour en tester le moelleux, le sourire coquin.

— Il a l'air confortable.

— Ça reste à voir, avait-il répliqué, les yeux brillants, en tirant le verrou.

XXX

Un soir, ainsi qu'il s'y attendait, Annie était rentrée les larmes aux yeux. Elle s'était réfugiée dans ses bras et l'avait serré très fort jusqu'à ce que sa gorge se dénoue :

— C'est fait. Me voilà au chômage. Jean-Claude vient de me licencier.

— Il faut voir ça comme une libération, ma chérie.

— Je sais, mais ce n'est pas facile. J'ai consacré l'essentiel de ma vie à ce magasin, Alex. Je devrais être heureuse d'échapper au rythme fou que nous menions, mais j'aurai besoin de temps pour m'y faire.

Il l'embrassa sur le front, compréhensif. Il avait connu le même sentiment de vide quand il avait dû quitter sa société.

— Demain, je m'inscrirai à Pôle emploi. Pour la première fois de ma vie. Rien que d'y penser, j'en ai mal au ventre.

— Ça ne durera pas. Tu t'y feras d'autant plus vite que ce n'est pas le travail qui manquera quand nous aurons des locataires.

— Je serai censée chercher un autre job.

— La grande distribution demande plus de caissières que de managers, tu es bien placée pour le savoir. Si, par extraordinaire, ton conseiller te dégote un rendez-vous, il faudra t'arranger pour décourager le recruteur.

— Je ne pourrai tout de même pas lui dire que sa proposition ne m'intéresse pas ! Je n'oserai jamais !

— Il te suffira d'avoir l'air dépressive pour rebuter le DRH le moins exigeant.

Elle avait eu un rire amer.

— Ce ne sera pas difficile.

Il lui avait caressé la joue avec tendresse.

— Je comprends ton état d'esprit. C'est tout un pan de ta vie qui disparaît. Mais tu verras vite les choses sous un autre jour. Cet hiver, ma chérie, nous recevrons nos premiers locataires. Je me verserai le SMIC à la fin de mon chômage et nous dégagerons un second revenu lorsque ton tour viendra. Quant aux années suivantes…

Il l'avait embrassée.

Ils travaillaient côte à côte à présent, consolidant les murs des terrasses. La tête coiffée d'une tuque, engoncés dans d'épaisses salopettes, ils jointaient les pierres au mortier, ne se reposant que le dimanche. Ce jour-là – c'était devenu un rituel –, ils faisaient le tour du mas en compagnie des fantômes. La réserve de Marius fondait au fur et à mesure que le nouveau bâtiment prenait forme.

— Il sera beau, convint-il un matin avec contentement.

De temps à autre, Guillaume et Mylène leur rendaient visite. Alex ne manquait jamais de prendre des nouvelles de Danielle. Savoir qu'elle allait bien le rassurait mais il était surtout soulagé par l'attitude de son fils. Ce dernier avait accepté leur divorce sans amertume ni reproche. Il semblait même apprécier Annie, ne lui tenant pas rigueur d'une situation que personne, au fond, n'aurait pu maîtriser.

— Ils sont adorables, avait murmuré la femme un jour, n'ajoutant pas, mais Alex avait compris, qu'elle aurait aimé qu'il lui donne un fils comme Guillaume, une fille comme Mylène.

Roberte et Marius étaient tombés sous le charme de la forêt dès les premières semaines de leur arrivée. Ils avaient exploré en tous sens les montagnes environnantes, ils avaient parcouru les passages tracés par les chasseurs, ils avaient fait l'amour sur des tapis de mousse cachés par les fourrés. Plus tard, leur ardeur sexuelle se faisant moins impérieuse, ils avaient poursuivi leurs flâneries ; les cueillettes, aussi, qu'ils partageaient avec leurs amis. Depuis quelques années cependant, les longues marches lui étant douloureuses, Roberte quittait rarement le domaine, contrairement à son époux qui randonnait chaque fois qu'il en avait le loisir et que le temps était propice.

Le printemps, il admirait la danse chaotique des jasons tournoyant autour des arbousiers. Il guettait le bourdonnement des abeilles, le chant des fauvettes, des gobe-mouches ou des pouillots de Bonelli. Il suivait du regard le vol tranquille et circulaire des vautours. Il admirait sans les cueillir les orchidées fragiles, les narcisses-de-jonc, les iris nains, les sceaux-de-Salomon. L'automne venu, il contemplait avec autant de bonheur la palette flamboyante offerte par les châtaigniers et les grands chênes blancs, il revenait de ses promenades chargé de champignons. Ce jour-là, il faisait si beau, le ciel était si lumineux qu'il s'était aventuré au-delà de son circuit habituel. Il progressait d'un pas tranquille, suivant la berge droite du ruisseau. Il avait parcouru un bon kilomètre de plus que de coutume et s'apprêtait à faire demi-tour quand il aperçut un tuyau noir dont l'extrémité semblait calée au fond d'un trou d'eau par une grosse pierre. Il approcha, intrigué, et constata que celui ou ceux qui l'avaient déroulé avaient ouvert un passage dans l'épaisse végétation à coups de hache et de scie : le feuillage des branches sectionnées avait séché, faisant des taches claires de loin en loin. Il suivit ce sentier, sa curiosité éveillée. Il n'y avait aucune exploitation agricole à des kilomètres à la ronde, aussi supposa-t-il qu'un amoureux des Cévennes avait défriché un bout de forêt pour y construire un cabanon.

Il n'eut pas à marcher longtemps. Le tuyau aboutissait à une caisse contenant un moteur à essence – une pompe – permettant d'arroser trois rangées de hautes plantes vertes. Il n'avait jamais vu de cannabis autrement qu'en images mais il comprit tout de suite. Cette plantation clandestine se trouvant à proximité du domaine, il se demanda si elle ne risquait pas de leur porter tort. Perplexe, il retourna au mas pour alerter ses amis.

Le couple le suivit jusqu'au champ.

— Tu as raison, reconnut Alex, sourcils froncés. C'est bien du chanvre.

Il souleva le couvercle de la caisse qui était doublée, à l'intérieur, par une bonne épaisseur de feutre.

— C'est simple et astucieux. L'isolant étouffe le bruit. C'est pour ça qu'on ne l'a jamais entendu. Je me demande qui a bien pu…

Il échangea un regard dubitatif avec Annie. Comme lui, inévitablement, elle avait pensé aux mystérieux dépôts de Georges. Il secoua finalement la tête.

— Cette plantation n'a que quelques semaines. Ton père n'a rien à voir avec ça.

— C'est évident ! s'offusqua Marius. Georges, c'était un homme honnête ! Il n'a jamais trempé dans quelque combine que ce soit !

— On le croit volontiers, Marius, mais cet argent qu'il versait sur son compte, il sortait bien de quelque part ?

Le vieux détourna la tête en bougonnant, l'air contrarié.

« Il faudra bien qu'il nous explique un jour ce qu'il en est, pensa Alex, un peu irrité. Si l'origine de cet argent était vraiment honnête, il ne ferait pas tant de mystères. »

— On va alerter la gendarmerie, décida-t-il brusquement. Je ne veux pas qu'on puisse nous soupçonner d'être impliqués dans ce genre de trafic.

XXXI

Alex avait dissimulé l'antique camionnette derrière le mas pour éviter que les gendarmes ne s'y intéressent. Il les avait ensuite attendus avec Marius. L'officier, le capitaine Cauchois, était un quadragénaire massif, brun et poilu, aux traits rudes, à la bedaine marquée mais manifestement ferme. Il présenta ses deux subordonnés qui eurent le bon goût de ne pas laisser leur regard s'appesantir sur l'angiome du retraité.

— C'est ce monsieur qui a découvert la plantation. Il ouvrira la marche.

— C'est bien. Nous vous suivons, ordonna le gradé, courtois.

Marius guida les hommes qui cheminèrent en veillant à ne pas glisser sur l'étroite berge du ruisseau. Il s'arrêta au niveau du tuyau et montra le sentier montant sur leur droite.

— C'est là. Un peu plus haut.

La petite troupe poursuivit silencieusement jusqu'à la clairière.

— C'est bien du cannabis, constata Cauchois.

Il donna un ordre à ses auxiliaires qui se déployèrent, photographiant les plants et les empreintes de pas situées dans une zone que les habitants de la vallée n'avaient pas piétinée.

— Des champs comme ça, commenta le quadragénaire, on en découvre tous les jours ou presque, un peu partout. On estime qu'il y a au moins deux cent mille personnes qui cultivent du chanvre, que ce soit pour le vendre ou pour leur propre consommation.

— J'ai vu à la télé que certains en font pousser chez eux, s'enquit Marius, curieux.

— En effet : dans leur jardin, leur appartement, voire leur cave. Les trafiquants aménagent des entrepôts de plusieurs centaines de mètres carrés.

— Vous allez vous mettre en planque ?

L'homme sourit, amusé.

— Nous avons d'autres priorités, d'autant que le ou les bonshommes impliqués ne risquent rien de plus qu'un rappel à la loi. Cette exploitation n'est pas assez importante pour alimenter un véritable négoce. Elle doit couvrir les besoins de deux ou trois personnes, au maximum. Cela dit, une fois que nous aurons fait les relevés nécessaires, nous nous ferons un plaisir d'arracher les plants et d'y mettre le feu.

Il montra le moteur et le tuyau.

— Nous emporterons le matériel. On y trouvera sans doute des empreintes. Si le ou les cannabiculteurs sont connus, on les présentera au juge. Dans le cas contraire…

Il haussa les épaules, désabusé.

— Ce qui est sûr, c'est qu'ils iront jouer les jardiniers ailleurs. Ils ne reviendront plus dans les parages.

Lorsque les militaires eurent terminé leurs relevés et détruit la production, il montra le sentier qui montait à l'opposé de celui qui venait du ruisseau.

— Ça doit conduire à la départementale.

Il se tourna vers ses hommes qui attendaient les consignes.

— Prenez le coffre et le moteur. Je vais voir ou débouche ce passage. Vous me récupérerez au bord de la route.

— Je vous accompagne, décida Alex.

Tandis que Marius retournait au mas avec les deux gendarmes, il suivit Cauchois qui lui raconta volontiers quelques anecdotes relatives à ce genre de découvertes. Ils parcoururent trois ou quatre cents mètres avant de tomber sur la départementale, un peu avant le croisement.

— Il faut savoir qu'il est là pour remarquer le sentier, constata Alex. Si ça se trouve, ça fait des années que ce champ est cultivé. Sans Marius…

Il tendit la main à l'officier.

— Je vais vous laisser, capitaine. Vos hommes ne devraient pas tarder. Vous me tiendrez au courant ?

— Passez-moi un coup de fil dans... disons une semaine. Demandez-moi personnellement. Si nous avons du nouveau, je vous en aviserai volontiers.

Les deux jeunes gens s'étaient dissimulés dans les fourrés dès qu'ils avaient entendu le bavardage d'Alex et du gendarme qui montaient à leur rencontre. Le plus grand, un rouquin maigre et nerveux, au visage en lame de couteau, gronda d'un air mauvais :

— Putain ! Heureusement qu'on a planqué la 125.

— Tu crois qu'ils viennent du champ ? murmura son collègue, un blondinet poupin, au physique grassouillet.

L'autre trouva la question si stupide qu'il ne répondit pas. Il patienta quelques minutes avant de se redresser.

— Allons voir.

Ils poursuivirent avec précaution, regardant derrière eux à tout moment, évitant de faire le moindre bruit. Arrivé au niveau de la plantation, le grand laissa éclater sa colère à voix basse :

— Putain de nom de Dieu ! Les enfoirés !

Il se tourna vers le sentier qu'ils venaient de quitter.

— C'est un des gars de la ferme qui les a conduits jusqu'ici. Je l'ai reconnu, ce salopard ! Putain ! Qu'est-ce que ça pouvait lui foutre ? On n'est pas sur ses terres !

Il éructait d'autant plus violemment que la prudence l'empêchait de hausser le ton. L'air mauvais, son acolyte sur les talons, il parcourut le champ dévasté. Il donna un coup de pied au tas de cendres encore chaudes et piqua une nouvelle colère en constatant la disparition de leur moteur.

— On va attendre avant de rentrer. Ce serait trop con de leur tomber dessus, en plus !

Il tapa du poing, rageur, sur le tronc d'un chêne vert.

— Il nous le paiera, cet enfoiré ! Putain ! Il le paiera !

XXXII

Le vent du sud était léger mais poussait des flots de cumulus qui rendaient l'obscurité profonde et menaçante.

— Ce n'est pas le moment, murmura la plus petite des ombres qui observaient la vallée depuis le col. S'il pleut, ça ne servira à rien.

— On va jeter un coup d'œil pour commencer, répondit l'autre à mi-voix, le ton hargneux.

Les deux jeunes hommes descendirent en s'efforçant de ne pas faire rouler de pierres sous leurs semelles. Nerveux, ils surveillaient la grange et le mazet, guettant l'apparition du moindre rai de lumière. Les habitants du domaine dormaient. Les portes et les fenêtres du mas étant dépourvues de menuiseries, il leur fut facile d'entrer. La pénombre était telle que le plus grand dut utiliser son Smartphone pour éclairer. Le faisceau révéla une vaste pièce encombrée de sacs de ciment et d'outils.

— Il n'y a rien, grommela-t-il.

Ils ressortirent pour prendre l'escalier. Le premier étage étant également vide, ils montèrent jusqu'au dernier.

— La toiture n'est pas finie, constata le petit avec soulagement.

— Oui, admit son compagnon à contrecœur. Il faudra revenir !

Un coup de tonnerre soudain les fit sursauter.

— Dépêchons-nous de rentrer. Ça va déluger.

Ils quittèrent le bâtiment et se hâtèrent de regagner le col où ils avaient dissimulé leur moto. Le plus grand se retourna alors vers le domaine, le visage mauvais.

Ils étaient revenus la semaine suivante, vers les 3 heures du matin. Aucune lumière ne filtrait au niveau des habitations.

— Ils roupillent, murmura le rouquin. Et regarde : le toit est terminé. Ça vaut le coup, cette fois-ci. Tu démarreras dès que je sortirai. Ils entendront sûrement la bécane mais, le temps qu'ils réalisent, nous serons loin.

Il ricana.

— De toute façon, ils ne pourront pas nous poursuivre avec leurs pneus crevés !

L'autre n'osa pas le contredire. Le plan semblait à la foi simple et sans danger, ce qui ne diminuait pas sa crainte pour autant. Ils n'avaient jamais rien fait d'aussi délictueux que la culture de leur cannabis, celle-ci étant, par ailleurs, plus un moyen d'avoir leur consommation à moindre coût qu'une véritable source de revenus. Ils vivotaient grâce au RSA, aux bricoles qu'ils récupéraient dans les rues de Montpellier le jour des encombrants et qu'ils revendaient au marché aux puces. Ils n'avaient d'autre ambition que de traîner dans les bars à longueur de journée, draguer les squatteuses paumées et tirer sur leur joint, l'œil vague, l'esprit déconnecté d'un monde qu'ils prétendaient mépriser mais qui, en réalité, leur faisait peur à tous deux.

De temps à autre, quand il avait trop bu, le rouquin se lançait dans un délire grandiose. Il envisageait d'accroître la superficie de leur plantation, il se voyait à la tête d'un réseau de petits dealers, roulant en décapotable, une Rolex au poignet, une paire de Ray-Ban sur le nez. Les vapeurs de l'alcool s'évaporant, son inertie naturelle reprenait le dessus mais il avait le sentiment qu'en les dénonçant aux gendarmes les habitants du domaine avaient anéanti ses rêves de grandeur. D'où sa colère, son besoin de vengeance.

Il n'en menait pas large en dépit de ses fanfaronnades mais il ne voulait pas perdre la face devant son insignifiant faire-valoir.

— On y va !

Ils descendirent en roue libre, très lentement. Arrivés au niveau de la cour, ils patientèrent une bonne minute. Rassuré par le silence et l'obscurité, le rouquin se faufila jusqu'aux trois véhicules garés côte à côte. Il ouvrit son cran d'arrêt et tailllada chaque pneu. Cela fait, il retourna à la moto pour détacher la sulfateuse accrochée au porte-bagages.

— Si jamais ça bouge...

— Je sais : je klaxonne et je mets le contact.

Satisfait, le jeune homme entra dans l'une des pièces du rez-de-chaussée. Il découvrit, avec un mauvais sourire, les menuiseries récemment livrées. Il vaporisa plusieurs litres d'essence sur les boiseries, puis il prit l'escalier et gagna le dernier niveau. Il éclaira brièvement. Le mur maître qui coupait le grenier en deux montait jusqu'à la charpente, mais l'ouverture permettant de circuler entre les deux parties n'était pas encore fermée. Il pulvérisa le reste du réservoir sur les pannes et les chevrons. Il sortit ensuite une feuille de papier roulée en boule d'une de ses poches, il l'enflamma et la lança sur une poutre. Le feu se propagea rapidement à l'ensemble du bâti.

Il dévala l'escalier. Il rentra dans la pièce où se trouvaient les menuiseries, il cala sa sulfateuse sur la pile, il jeta une nouvelle torchère puis il sortit en courant tandis que son ami, alerté par la brutale lueur, démarrait à grands coups de kick.

Cauchois et ses collaborateurs arpentèrent soigneusement le bâtiment, la cour et le chemin, prélevant, photographiant, mesurant et notant, faisant le tri entre les multiples empreintes laissées par les pyromanes, les pompiers et les habitants de la vallée. Effondrés, ces derniers n'eurent pas le courage de les rejoindre. Figés à côté des véhicules vandalisés, ils regardèrent le gradé venir à eux sans mot dire.

— Ils étaient vraisemblablement deux. Ils ont utilisé une sulfateuse pour projeter le liquide inflammable. Le réservoir a fondu et la partie métallique ne peut rien nous apprendre. Comme vous, je me doute que les incendiaires ne sont autres que les cannabiculteurs. Nous avons eu la chance de trouver une série d'empreintes de chaussures que les va-et-vient de cette nuit ont épargnées. Nous les comparerons à celles que nous avons photographiées dans leur champ pour avoir une certitude. En attendant, j'ai quelques précisions à vous demander.

L'officier les questionna tour à tour, s'inquiétant tout d'abord de savoir s'ils étaient assurés.

— Non, répondit Alex, les yeux rougis. Comment aurions-nous pu imaginer une telle chose ? Cet incendie est une catastrophe. Financièrement, il nous casse les reins.

Satisfait de pouvoir éliminer l'hypothèse d'une escroquerie à l'assurance, l'homme se fit plus intrusif. Son interrogatoire terminé et ses collaborateurs ayant achevé leurs relevés, il quitta les deux couples sur une poignée de main compatissante. Comprenant qu'il allait enquêter sur leurs ex-conjoints, mais ne doutant pas de leur innocence, Alex et Annie les contactèrent afin qu'ils ne se sentent pas blessés par une éventuelle convocation à la gendarmerie.

Alex fit ensuite appel à un garagiste qui mit leurs véhicules sur des cales afin d'emporter les roues et de changer les pneumatiques crevés. Le lendemain soir, alors qu'ils traînaillaient, découragés, Cauchois vint leur faire un bref compte rendu.

— Nous avons la preuve que c'est bien l'un des cannabiculteurs qui a incendié votre mas. Le second devait l'attendre sur sa moto. Malheureusement, nous ignorons toujours leur identité dans la mesure où ils ne sont pas fichés.

— Mais s'ils revendent une partie de leur saleté, ils doivent être connus ! J'imagine que vous avez contacté vos collègues des stups ?

— Bien entendu, monsieur Montell, mais de nos jours la culture du chanvre n'est plus l'apanage des dealers. Ceux qui se contentent de produire leur consommation personnelle sont souvent bien intégrés dans la société. Ils peuvent être étudiants, ouvriers, cadres, voire chefs d'entreprise et n'avoir jamais eu affaire à la justice. Tout ce que nous savons des pyromanes, c'est qu'ils ont des baskets qu'on trouve dans la plupart des grandes surfaces et qu'ils circulent à moto : une 125, comme il en existe des centaines dans la région.

— Vous n'avez aucune chance de les identifier, alors ?

— Dans l'immédiat, franchement non. Mais j'ai appris au moins une chose, depuis que je fais ce métier : c'est qu'il ne faut jamais désespérer. La patience est une alliée.

Costa et son équipe, qui étaient venus de bonne heure, comme chaque lundi matin, avaient constaté les dégâts avec consternation. La charpente calcinée ayant cédé sous le poids des tuiles, la toiture s'était presque entièrement effondrée. Le spectacle était aussi désolant au rez-de-chaussée : les menuiseries n'avaient que partiellement brûlé mais aucune fenêtre, aucun volet, aucune porte n'étaient récupérables.

— Mon assurance ne peut pas couvrir ce genre de dommages, monsieur Montell. Vous-mêmes… vous étiez assuré ?

Alex avait secoué la tête, écœuré.

— Nous n'en avons pas vu l'utilité…

L'entrepreneur avait soupiré, chagriné.

— Trier les tuiles intactes serait une perte de temps. Il vaudra mieux tout jeter et racheter les matériaux nécessaires.

Il avait hésité avant de demander :

— Si vous souhaitez que nous poursuivions les travaux ?

— Nous nous sommes trop engagés pour abandonner. J'en ai parlé avec mes associés, et nous sommes d'accord pour continuer.

— Enlever les gravats et refaire le toit, ça augmentera mon devis, vous vous en doutez.

— Bien sûr. Vous pourrez nous donner votre estimation rapidement ?

— Je vous l'enverrai dès ce soir. En attendant, on va commencer à déblayer.

Le maçon avait rejoint son équipe, très mal à l'aise. La perspective de gonfler sa facture ne le réjouissait pas. Voir son travail réduit en cendre le touchait presque autant que ses clients.

Le dîner s'était déroulé dans un silence pesant. Finalement, le café bu, Alex avait fait le bilan de leur situation d'une voix morne :

— Je viens de recevoir le devis de Costa. Il s'est montré raisonnable mais la dépense supplémentaire n'en est pas moins considérable. Nous devrons faire une croix sur l'aménagement du loft et du court de tennis. Nous vivrons dans un logis chaque fois qu'il y en aura un de libre, et dans la caravane entre-temps.

— Si la grange reste en chantier, ça brisera l'harmonie du bâtiment, fit remarquer Annie, chagrine.

— Nous y avons pensé. Les maçons poseront les menuiseries extérieures pour donner une impression de fini.

— Et la piscine ?

— Normalement, nous aurions les moyens de l'avoir. Mais vu qu'un nouveau coup dur nous serait fatal, je suis d'avis d'attendre le bilan de la première année pour en décider. La plus extrême prudence me semble de mise, à présent.

— Vous ne pourrez pas obtenir les loyers espérés s'il n'y a ni piscine ni tennis.

— C'est vrai, Marius. Nous ne dégagerons pas le salaire prévu. Il sera donc impératif que je trouve un emploi jusqu'à ce que nos comptes soient équilibrés. Sans cela…

Le couple, découragé, ne remarqua pas la mimique des fantômes. Roberte acquiesça à la question silencieuse de son époux qui prit alors la parole :

— On a un peu d'argent de côté. Pas beaucoup, mais on vous le donne volontiers.

Les deux amoureux échangèrent un regard surpris.

— Mais Marius… non ! protesta Annie en s'empourprant. On ne peut pas utiliser vos économies. On vous avait promis que…

— C'est décidé, petite, coupa le vieux avec autorité. Votre projet, c'est le nôtre à présent ! On y croit nous aussi. On veut le voir revivre ce domaine ! Roberte et moi, on est d'accord !

— Vous… disposez de combien ? demanda Alex après un long silence.

— Eh bien… on a presque cinq mille euros.

— Quoi ? Vous n'avez pas plus ? Mais… depuis le temps que vous travaillez ! Ça fait plus de quarante ans ! Comment est-ce possible ?

— D'abord, il faut savoir que Roberte n'a jamais été déclarée, expliqua Marius avec embarras. C'était normal à cette époque. Vos mères ne l'étaient pas non plus. De toute façon, nous, ça nous convenait. On avait un toit, une raison de vivre et des amis aussi. On n'aurait échangé notre place pour rien au monde.

— Mais toi ? Georges te versait bien le SMIC ? Nous l'avons vu, dans ses comptes.

L'homme évita son regard, manifestement embarrassé.

— Marius ?

— Justement… c'était ça le problème…

— Qu'est-ce que tu veux dire ?

— Eh bien… ce n'était pas la faute de Georges, mais la terre rapportait de moins en moins chaque année, si bien qu'un jour il n'a plus eu les moyens de me payer.

— Mais… tu n'as jamais cessé de travailler ! Et Roberte non plus !

— Ce n'est pas possible ! s'insurgea Annie. Comment a-t-il pu vous traiter ainsi ? Comme des esclaves ? Pas lui !

— Ne le juge pas mal, Annie, plaida Roberte. Il a fait ce qu'il a pu. Dans le courant des années 2000, sa situation financière était si catastrophique que n'importe quel autre employeur aurait dû nous licencier. Ton père, lui, il nous a gardés. Il s'est même endetté pour cela. Dès qu'on a su ce qu'il en était, on a trouvé normal de rendre une infime partie de ce qu'on avait reçu. Vos parents ne nous ont pas simplement recueillis. Ils nous ont adoptés. Ils étaient notre famille et, quand sa famille est dans une situation désespérée, on l'aide. On se serre les coudes, on ne l'abandonne pas.

Les yeux mouillés, la voix cassée, Marius expliqua :

— Il fallait tenir jusqu'à ce qu'on puisse cumuler nos retraites.

Il échangea un nouveau regard navré avec son épouse qui l'encouragea à poursuivre.

— On ne souhaitait pas en parler. Ton père nous avait demandé de garder le secret, Annie. Il avait honte. Pourtant, ce n'était pas sa faute. Je vais te raconter, murmura-t-il, la voix cassée par l'émotion.

XXXIII

— Il n'était pas plus loquace que nous quand on se restaurait, expliqua Marius. Nos repas étaient faits de longs silences, mais on n'avait pas besoin de faire des discours pour se sentir bien, tous les trois. Des fois, il nous parlait du travail, des prix qui ne cessaient de baisser, du mal qu'il avait à équilibrer ses comptes, puis il passait à autre chose. Les derniers temps, cependant, il se montrait plus taciturne que d'ordinaire. La gestion du domaine ne nous regardant pas, on ne s'était jamais intéressés aux comptes mais, à voir la tête qu'il faisait, on comprenait que ça allait de plus en plus mal. On s'en inquiétait, bien entendu, mais on n'osait pas l'interroger. Pour tout dire, on avait peur de savoir. On préférait jouer les autruches. Bien entendu, ça ne pouvait pas durer. C'est arrivé un soir d'hiver, juste après le dîner. Il avait à peine mangé. Une profonde ride lui entaillait le front. Il avait le regard sombre. Douloureux même. Il s'était soudain levé, si brutalement qu'il avait renversé sa chaise. Il avait quitté la cuisine d'un pas rapide. On aurait dit qu'il fuyait. Il avait gagné le chemin, il avait disparu dans l'obscurité qui commençait à noyer la vallée, nous laissant interloqués. On ne savait que faire. J'avais envie de me lever, de le rejoindre, mais je n'ai pas osé. On a attendu une bonne demi-heure, extrêmement inquiets. Puis il est revenu, le visage fermé, les yeux rougis. On a compris qu'il était allé se cacher pour pleurer. Ton père, Annie, tu le sais, il était aussi pudique que solide. Alors, pour qu'il craque ainsi, il fallait que la situation soit dramatique. On avait peur de ce qu'il allait dire, Roberte et moi. Finalement, d'une voix si enrouée qu'on l'a à peine compris, il a lâché : « Marius, je ne peux plus te payer. » On a eu l'impression de recevoir un monstrueux coup sur la tête. On était si sonnés qu'on n'a pas réagi. « Ça fait longtemps déjà que je n'arrive plus à couvrir les dépenses, nous a-t-il expliqué avec difficulté. J'espérais que cette récolte serait meilleure que les précédentes, mais la terre est épuisée. L'engrais ne suffit plus. Les subventions, ça ne vaut même pas la peine d'en parler. Ce matin, le facteur... c'était une mise en demeure. Une de plus. Je suis criblé de dettes. J'ai dû faire un emprunt, il y a quelque temps. Je ne vous ai rien dit pour ne pas vous inquiéter. Je voulais croire que tout s'arrangerait mais... c'est fini ! Je n'arrive plus à faire face. Je devrai vendre ma part du domaine. En espérant qu'Alex n'y fera pas obstacle. » Il n'avait pu poursuivre. Un sanglot lui avait noué la gorge. Roberte et moi, on avait le sentiment que la terre allait nous engloutir. On s'est vus obligés de partir, de reprendre la route comme autrefois. C'était horrible. Ça nous terrifiait. Je ne sais pas combien de minutes on est restés ainsi, glacés, incapables de réfléchir. « Vous... vous devez beaucoup d'argent ? » ai-je finalement demandé. Le montant nous a surpris. On a compris que la situation durait effectivement depuis longtemps. J'ai tourné la tête vers Roberte. Elle m'a fait signe que oui. L'air décidé. Alors je n'ai pas hésité moi non plus. « On a un peu plus en banque. Vu qu'on ne paie pas de loyer et qu'on a peu de frais, on a toujours mis l'essentiel de mon salaire de côté. C'est pas qu'on avait des projets ou des besoins. C'était juste au cas où il arriverait quelque chose. Un malheur dans ce genre. Cet argent, il servira à rembourser vos dettes, Georges. Il est hors de question que vous vendiez le domaine. » J'ai poursuivi très vite pour l'empêcher de refuser. Les arguments me venaient au fur et à mesure, facilement : c'est mon cœur qui parlait. « D'abord, en vous aidant, on s'aide aussi. On fera quoi si vous vendez ? On ira où si nous devons partir ? Si vous ne pouvez plus me verser un vrai salaire, ce n'est pas un problème. Tout ce qu'on vous demande, c'est de nous permettre de rester dans cette maison, de travailler avec vous, d'être toujours vos amis. »

Marius esquissa un sourire ému.

— Alors, tu ne le croiras peut-être pas, Annie, mais cette fois il n'a pas pu se contenir. Il a éclaté en sanglots, là, devant nous. Il avait accumulé une telle détresse, toutes ces années, qu'elle est sortie d'un coup. Plus forte que lui. Nous deux, on s'est mis à pleurer aussi, comme des gosses. Finalement, il s'est levé, il nous a pris dans ses bras et il nous a serrés contre lui. Il n'y avait plus ni patron ni ouvriers, mais trois malheureux qui s'accrochaient les uns aux autres pour ne pas se noyer. Le lendemain, il nous a conduits à la banque. On voyait bien qu'il avait honte, mais il avait admis que nos sorts étaient liés, qu'on se sauvait en le sauvant. On a retiré de quoi régler ses dettes : un gros emprunt, l'URSSAF, la MSA, les semenciers, que sais-je encore ? Ça représentait une belle somme, avec les pénalités. Quand il a mis cet argent sur son compte, il s'en est fallu de peu, je crois, qu'il ne se remette à pleurer.

— Ainsi, murmura Annie, la voix tremblante, ce gros dépôt, c'étaient vos économies.

Elle dut s'essuyer les yeux tant elle était émue.

— Mais le reste ? Ces petites sommes qu'il a virées jusqu'en 2010 ?

— Les dettes du domaine apurées, il a fallu préserver l'avenir. Comme il restait peu de temps avant que je puisse avoir une pension normale, on a fait en sorte qu'il continue à me payer. Du moins officiellement. Dès que mon salaire était viré, je prélevais l'essentiel en liquide et je lui redonnais pour lui éviter d'être à découvert. Ainsi, je ne coûtais que les charges, ce qui nous permettait d'avoir la Sécurité sociale, une mutuelle et ma retraite qui approchait.

Alex était abasourdi par tant d'inconséquence.

— Que vous ayez réglé les arriérés de l'exploitation, je peux le comprendre à la rigueur. Mais que vous ayez continué pour qu'il puisse vous verser un salaire, ça... ça...

Il en bégaya, effaré.

— Il y avait tellement plus simple à faire ! Il aurait pu vous déclarer comme saisonnier entre deux périodes de chômage ! Vous auriez pu vous mettre en préretraite ! Ou... ou... je ne sais pas, moi ! Vous ne vous êtes pas renseignés ?

— Georges, tout ça, il n'y comprenait pas grand-chose et nous encore moins. Le chômage, le temps partiel, on savait bien ce que c'est, mais on est d'une génération qui gagne son pain. On ne vit pas d'aumône. De toute façon, comme il s'agissait de tenir quelques mois seulement...

« Alors vous avez mis en place un système aberrant ! » pensa Alex, la gorge serrée. Mais il ne le leur dit pas. Leur attitude était aussi généreuse et émouvante que stupide. Ils avaient réagi comme de braves gens honnêtes et ignorants.

Annie prit la parole à son tour, d'une voix si fêlée qu'on sentait qu'elle avait du mal à contenir ses sanglots :

— Vous avez travaillé tous les deux pendant des décennies pour rien… pour presque rien…

— Ce n'est pas ainsi qu'il faut voir les choses, petite. Vos parents nous ont sauvé la vie quand ils nous ont recueillis. Ils ont fait même plus : ils nous ont permis d'être heureux. Cet argent que nous avons économisé, on ne l'a pas donné à ton père. On le lui a rendu.

— C'est donc pour ça qu'il vous a légué une partie du domaine. Je pensais que c'était un beau cadeau, mais aujourd'hui je comprends que c'était un dû.

— C'est nous qui sommes débiteurs, Annie. Ces années passées dans la vallée, c'est toute une vie de bonheur. Nous n'en ferons jamais assez pour rembourser cette dette. C'est également pour cette raison que nous avons accepté votre projet. Participer à la renaissance de ce domaine, c'est notre façon de remercier vos deux familles à travers vous.

XXXIV

LES DEUX COUPLES n'avaient retrouvé un sommeil paisible qu'avec la pose des nouvelles menuiseries : après quelques hésitations, Alex et Annie avaient accepté l'aide généreuse des fantômes et avaient consacré leurs économies à l'achat de volets et de portes cochères blindés, ces dernières étant en outre munies de serrures réputées incrochetables.

— Ça nous permettra de dormir tranquillement, avait expliqué Alex à ses associés. Au moins ça ! Cela dit, j'ai tout de même une bonne nouvelle : Guillaume a créé et mis en ligne le site du domaine. Regardez !

Il pianota sur son portable pour montrer fièrement le travail de son fils.

— Je vous présente le Gîte de la vallée perdue !

Il ne put s'empêcher de sourire devant l'air émerveillé des retraités : la première fenêtre montrait la combe vue du col. Le ciel, bleu électrique, faisait ressortir la couverture émeraude des hauteurs, le vert tendre des terrasses qui semblaient couvertes de gazon, le gravier bleu du parking. Le mas faisait très « classe » avec sa façade au crépi rose et ses menuiseries couleur lavande. Le mazet lui-même, bien qu'en retrait, ajoutait une touche rustique au paysage.

— Guillaume a retouché les photos qu'il a prises l'été dernier. Il a représenté la vallée telle qu'elle sera dans quelque temps si… nous n'avons pas d'autres problèmes. Pour l'instant, bien entendu, il n'a inséré ni la piscine ni le court de tennis.

— C'est incroyable ce qu'on peut faire avec l'informatique, murmura Roberte, admirative. Qu'est-ce que c'est beau. Et ces couleurs… vous allez vraiment peindre les portes et les volets ainsi ? Comme notre mazet ?

— Tu n'aimes pas ?

— Au contraire ! Ce sera magnifique !

Satisfait, l'homme fit défiler les photos. Guillaume avait représenté chaque logement tel que le logiciel de son père les avait configurés, puis il avait suivi les directives d'Annie pour ajouter du mobilier et des touches de couleur. Il avait également inséré de nombreuses photos – authentiques celles-là – montrant les sous-bois, les sentiers de randonnée, le ruisseau et, bien entendu, un remarquable rond de sorcière.

— Nous avons deux réservations pour Pâques alors que le site n'est en ligne que depuis une semaine. C'est très encourageant, conclut Alex, se voulant optimiste. Nous allons faire un carton plein !

Il semble que la malchance nous oublie enfin : Annie a pu travailler quelque temps pour une entreprise d'Alès et l'agence d'intérim qui s'occupe de moi m'a obtenu un poste de courte durée mais relativement bien payé. Il s'agit d'un CDD de trois mois qui me contraint à passer la semaine à Béziers. Ce n'est pas une situation agréable mais je ne pouvais refuser cette mission qui retardera d'autant la fin de mon chômage.

J'économise autant que possible, j'épargne la moitié de mon salaire, ce qui permet de rembourser une partie de nos charges. Mon chômage ne durera pas éternellement, aussi est-il important que ma réputation incite l'agence d'intérim à me confier toutes les missions entrant dans mon domaine de compétences. Je fais donc contre mauvaise fortune bon cœur et ne rechigne pas lorsqu'il m'est demandé de faire des heures supplémentaires.

Le travail est inintéressant mais prenant : les heures passent vite. Le vendredi est la seule journée qui semble interminable. Je quitte le bureau à 18 heures, impatient de rentrer. Je roule au maximum de la vitesse autorisée, je passe Sumène le cœur battant et, quand j'arrive au col, un large sourire m'éclaire le visage.

Je sais qu'Annie me guette. À peine suis-je garé qu'elle se jette dans mes bras. Nous échangeons un long baiser, puis nous gagnons le mazet, tendrement enlacés. J'embrasse nos amis et, selon un rituel à présent bien établi, je leur raconte ma semaine, un verre de pastis à la main. Ils me parlent à leur tour des travaux qui se terminent, des nouvelles réservations engrangées. Je retrouve dans cette maisonnette la chaleur d'une famille, cette chaleur que j'avais eu le sentiment de perdre quand Guillaume avait déménagé.

Vers les 23 heures, nous quittons les fantômes qui, en dépit de leurs efforts, ne peuvent s'empêcher de bâiller. Nous regagnons la caravane, nous nous déshabillons avec des gestes lents, puis nous faisons l'amour.

Nous avons réceptionné les travaux début janvier, peu après la fin de mon intérim. Costa nous a fait faire le tour de la construction avec une fierté justifiée. Il n'y avait rien à dire sur la qualité de l'ouvrage. Le mas est vraiment beau. La cour est débarrassée des immondices, des gravats, du tracteur et de l'antique 403. Quant à l'intérieur, il correspond à ce que nous espérions. Nous avons félicité le maçon avec une sincérité qui l'a touché, puis nous l'avons invité à prendre l'apéritif, ce qu'il a accepté volontiers. Nous avons bavardé une bonne heure, un peu navrés de voir s'en aller cet homme sympathique et serviable qui était presque devenu un ami.

D'ici à la fin de la semaine, nous ferons venir quelques camions de gravier que nous étalerons dans la cour pour éviter qu'elle ne se transforme en bourbier les jours de pluie. Nous attaquerons ensuite les finitions selon les directives d'Annie qui a puisé son inspiration dans une dizaine de magazines de décoration. Pour finir, nous garnirons les logis avec le mobilier qu'elle a retenu dans différents dépôts-ventes et celui que Mylène et Guillaume nous ont laissé. Les meubles rustiques n'ont plus la cote auprès du grand public alors que, paradoxalement, ils sont appréciés par les vacanciers.

Un dimanche matin, alors que nous cherchions des boules de pétanque au marché aux puces de Montpellier, nous avions trouvé et acheté un lot de portants pour cartes postales. Nous en mettrons un dans chaque appartement afin de présenter les plaquettes fournies par les offices du tourisme des villes voisines. Nous ajouterons le plan des sentiers de randonnée ainsi que des brochures sur l'histoire, la géologie, la faune et la flore de la région.

Lorsque nous en aurons fini avec les logements, nous nous ferons livrer des poutres, des solives et des planches. Nous déménagerons le poulailler et les clapiers au niveau de la plus haute terrasse de droite et nous ajouterons l'écurie pour les ânes. Nous avons acheté un jeune couple qui s'abrite dans la grange pour l'instant. Ce sont des animaux doux et affectueux, bien plus intelligents que ne le veut leur injuste réputation. Ils trottinent en liberté, paressant au soleil, s'aventurant le long du ruisseau, mais venant régulièrement quémander quelques caresses.

Nous n'avons pas de temps à perdre car les photos retouchées de Guillaume ont fait merveille : tous nos gîtes sont réservés pour les vacances de Pâques. Nous avons même quelques locations pour cet été.

Le passage intensif des camions a bien abîmé le chemin mais nous le ferons goudronner grâce aux recettes de l'été. L'année prochaine, nous commanderons la piscine, ce qui nous permettra de demander les loyers prévus par mon business plan. Annie touchera encore son chômage, contrairement à moi, mais ce sera Byzance : nos besoins sont minimes. Nous tenir par la main, nous embrasser, dormir ensemble, voilà qui nous suffit pour être heureux.

XXXV

LES DEUX COMPARSES préparaient leur nouvelle plantation. L'emplacement qu'ils avaient trouvé du côté de Roquedur était aussi prometteur que celui que les gendarmes avaient saccagé. La terre était compacte juste ce qu'il fallait. Le rouquin avait l'habitude : il lui avait suffi de ramasser une poignée, d'en faire une boule et de vérifier, en la pressant entre ses mains, qu'elle s'effritait facilement, signe qu'elle n'était ni trop humide ni trop argileuse.

Ils avaient défriché une surface plus importante que la précédente, une tâche pénible qui leur avait coûté des litres de sueur. Ils avaient utilisé les branchages coupés pour entourer le champ d'une barrière protectrice contre les gros animaux. Ils avaient enrichi la glèbe avec du terreau et avaient soigneusement bêché le mélange. Pour finir, ils avaient installé le système d'arrosage. Alors que les habitants du domaine avaient pu suivre le sentier qu'ils avaient ouvert jusqu'à leur plantation, ils avaient, cette fois, dissimulé le tuyau au milieu des buissons, ne laissant visible que l'extrémité calée dans un trou d'eau. De même, aucune sente ne conduisait de la route à leur champ. Il fallait traverser une bonne centaine de mètres d'épais fourrés pour y parvenir. Fin avril, ils avaient reçu d'Amsterdam les cent dix graines d'indica qu'ils avaient commandées, ce qui représentait le double de leurs besoins habituels. Il les avait fait tremper vingt-quatre heures dans un bocal d'eau avant de les enfouir, pointe en l'air, sous quelques centimètres de terre. Ils avaient protégé les futures pousses des lapins en les recouvrant d'un fin grillage maintenu à l'aide de piquets, ils avaient répandu tout autour les granulés destinés à tuer les escargots et les limaces.

Ils avaient tenu les graines arrosées jusqu'à ce que la tige de chaque plant présente fièrement ses feuilles embryonnaires. Dès lors, ils avaient soigneusement surveillé leur plantation, l'humidifiant tous les trois ou quatre jours, utilisant un engrais foliaire, enrichissant la terre avec parcimonie. Au début de la quatrième semaine, ils avaient coupé le sommet de chaque plante juste au-dessus du point de jonction de deux pétioles. Pour finir, quand le chanvre avait commencé à fleurir, ils avaient arraché les pieds mâles pour éviter qu'ils ne fécondent les femelles, ce qui aurait diminué leur taux de THC[1].

Fin août, les plants atteignaient presque deux mètres de haut. Ils étaient touffus à souhait.

— Cette fois, c'est parti, s'était félicité le rouquin, enthousiaste. On passe au stade supérieur. On va se faire des couilles en or. Ta copine est toujours OK, je suppose ?

Son acolyte l'avait rassuré. Sa petite amie, une lycéenne de dix-sept ans, s'était fait fort d'écouler leur surplus à ses camarades.

Il n'éprouvait plus aucune rancœur à l'égard des habitants de la vallée. Au contraire. Il les aurait presque remerciés : la destruction de leur plantation lui avait donné une telle rage qu'il avait eu, enfin, l'énergie de donner corps à son rêve : ce champ, deux fois plus grand que le précédent, qu'il considérait comme la première étape devant lui permettre d'entrer dans ce qu'il appelait « la cour des grands ».

La suite lui semblait évidente : il se voyait dans un immense entrepôt tapissé de puissants spots, surveillant la maturité des plants, réglant les périodes de lumière et d'arrosage, vaporisant l'engrais liquide sur les belles feuilles vertes. Puis, sans transition, il sautait au moment où ils

1. *Le tétrahydrocannabinol est la molécule responsable des principaux effets du cannabis.*

distribuaient le résultat de leur récolte à de petits dealers en échange d'épaisses liasses de billets. Quand il en était à ce stade de ses élucubrations, l'air extatique, le sourire béat, il décrivait à son ami la splendide décapotable rouge qui leur ouvrirait le lit de filles faciles au regard chaviré.

XXXVI

Ils étaient assis côte à côte sur le rocher, se tenant par la main, contemplant leur vallée avec fierté. Le mas était splendide. La teinte lavande des menuiseries s'harmonisait parfaitement avec la façade rustique et la toiture neuve. Un muret de pierres sèches partageait la cour en deux : d'un côté le parking couvert d'un fin gravier bleuté, de l'autre un espace herbeux sur lequel ils avaient installé des tables, des fauteuils de jardin, des parasols, des barbecues.

Sur la droite, une barrière symbolique séparait le domaine du potager, ce qui permettait aux vacanciers de déambuler où bon leur semblait tout en respectant l'intimité des retraités.

Ils avaient accueilli leurs premiers locataires, un couple en voyage de noces, avec une réelle émotion. Ils n'avaient pas eu le temps de s'attendrir, cependant. Les touristes s'étaient succédé selon le planning établi. Ils s'étaient vite habitués à gérer les va-et-vient. Chaque départ avait été l'occasion de faire un sérieux ménage, de constater quelques petites dégradations ou le vol de bricoles diverses. Rien qui puisse entamer leur bonheur.

Les vacances de Pâques terminées, ils avaient eu peu d'occupants, le temps d'un week-end le plus souvent, ce qui leur avait permis d'emménager dans l'un des gîtes, de retrouver le confort d'un appartement neuf. Puis la douceur avait cédé la place à la canicule. Les estivants s'étaient à nouveau succédé, enchantés de leur séjour, certains regrettant seulement de ne pouvoir bronzer au bord d'une piscine ou de perdre un peu de sueur sur un court de tennis.

Aucun des deux n'ayant trouvé d'emploi pour l'été, ils se consacraient à leurs locataires, multipliant les initiatives : ils organisaient des concours de pétanque, des tournois de tarot et de belote, ils conduisaient par les sentiers les gosses ravis de chevaucher les ânes. Annie se chargeait de faire les courses pour ceux qui le souhaitaient, prenant un malin plaisir à faire ses achats dans le supermarché de son ex-époux. Elle bavardait volontiers avec les approvisionneuses croisées dans les rayons, puis avec les caissières, exhibant sa mine resplendissante et son air radieux avec malice.

Alex avait fait un premier point au milieu du mois d'août :

— Nous serons pleins jusqu'à la fin septembre. Nous aurons peu de locataires début octobre, mais le résultat n'en est pas moins encourageant : nous aurons les moyens de faire installer la piscine avant l'été prochain. En ce qui concerne le loft, je suis d'avis d'attendre encore.

— Et le chemin ? s'était enquis Marius qui craignait les dégâts régulièrement occasionnés par les épisodes cévenols.

— J'ai pris rendez-vous avec le terrassier. Il ne pourra commencer qu'après le 10 octobre mais le goudronnage sera terminé avant la saison des orages. Ce qui m'ennuie…

Il avait eu une grimace à la fois comique et navrée à l'adresse des deux vieux.

— … c'est que nous ne pourrons pas vous rembourser tout de suite. J'espère que vous ne nous mettrez pas au contentieux.

Marius lui avait répondu sur le même ton :

— Vu que nous n'avons pas les moyens de vous envoyer l'huissier, on attendra encore un peu.

Souriant largement, Alex avait tapoté la feuille résumant ses calculs.

— Le bilan serait conforme à mes prévisions s'il n'y avait eu cet incendie. Je ne vous l'ai pas dit pour éviter de vous inquiéter, mais pendant longtemps j'ai eu peur qu'une seconde catastrophe ne nous oblige à arrêter.

Il avait eu un petit rire embarrassé.

— J'en étais arrivé à devenir superstitieux. Si nous avions dû essuyer une nouvelle avanie, ça n'aurait rien changé pour vous bien sûr, mais pour Annie et moi…

Il n'avait pas achevé sa phrase. Il ne savait pas si leur couple aurait résisté à une débâcle financière dont il se serait senti responsable. Il ne voulait même pas se poser la question.

— Nous avons transformé une ruine et des champs abandonnés en un domaine magnifique, murmura Annie, la gorge nouée. Si papa voyait ça, il en serait heureux.

Mon père parlait peu. Il exprimait ses états d'âme par des mimiques ou des regards. Rarement par des mots. Ma mère était plus vive, plus loquace, mais ils s'accordaient bien. Ils étaient d'une génération qui ne montrait pas sa tendresse mais je n'en souffrais pas, n'ayant aucun autre repère.

La mort de maman m'a profondément touchée. Le vide qu'elle a laissé m'a fait réaliser à quel point elle comptait. Son rire, ses bavardages, le bruit des casseroles maniées avec énergie, tout cela me manquait. Heureusement, il y avait Alex, nos promenades et nos étreintes. J'avais découvert avec lui le plaisir d'être embrassée, caressée, d'entendre des « je t'aime ». Ce fut une période radieuse, d'une telle insouciance que je me suis demandé, plus tard, par quel miracle je n'étais pas tombée enceinte.

La violente réaction de mon père dressa une barrière entre nous deux. Une fois mariée, je me suis éloignée. Je l'ai rayé de ma vie jusqu'à ce que, peu à peu, la rancune s'estompe, que le besoin de le revoir se fasse à nouveau sentir.

Un jour, finalement…

Je n'oublierai jamais nos retrouvailles. Mon cœur battait très fort quand sa silhouette massive était apparue sur le seuil de la cuisine. Il avait attendu que je le rejoigne, le visage figé, les yeux légèrement écarquillés.

Nous sommes restés un moment face à face, intimidés. Alors, pour la première fois, il m'a prise dans ses bras, il m'a serrée contre lui et il a murmuré : « Annie… », avec cette voix qu'il aurait pu avoir pour me dire : « Je t'aime, ma fille. Je t'aime et je regrette. »

La maturité m'avait permis de comprendre que, compte tenu de son vécu, de son éducation, il n'aurait pu réagir autrement.

Comprendre, c'est parfois pardonner. Ce que j'ai fait.

Il n'était plus l'homme qui avait chassé l'amour de ma vie.

Il était redevenu mon papa.

Aujourd'hui, quand je contemple notre mas, je sais qu'il serait heureux de voir ce que nous en avons fait.

Que le temps ait renoué ce qu'il avait défait.

XXXVII

DÉBUT SEPTEMBRE, un jeudi soir, un orage particulièrement furieux incendia le ciel d'encre. Les éclairs se succédèrent sans discontinuer et le tonnerre emplit l'espace. L'averse, violente et sauvage, fouetta les vitres que chaque grondement faisait vibrer.

— Six secondes. La foudre est tombée à deux kilomètres. Elle nous a manqué, plaisantait Alex pour détendre sa compagne crispée. Dix secondes. C'est encore plus loin… deux secondes…

Là, il ne dit rien. Il fit bonne figure, s'efforçant de cacher son inquiétude. Il appréhendait les dégâts que ce déchaînement pouvait occasionner. La tempête dura toute la nuit. Elle ne s'apaisa qu'au petit matin, laissant la place à une pluie ordinaire.

Le visage marqué par le manque de sommeil, ils firent leur toilette à tour de rôle dans la minuscule salle d'eau de leur caravane.

Annie devant se rendre à Ganges pour le compte d'une famille d'estivants, Alex l'accompagna jusqu'à son véhicule en la protégeant sous un grand parapluie.

— Ça va être boueux. Fais attention à ne pas t'embourber.

— Oui, papa ! rétorqua-t-elle, espiègle, en fermant la portière.

Il regarda la C4 monter jusqu'au col, puis disparaître dans la grisaille. Il leva la tête vers le ciel sombre et bas. Le goudronnage était prévu pour le mois suivant, mais le déluge de la veille l'avait passablement inquiété. Il se reprocha de ne pas avoir cherché un autre terrassier, disponible plus rapidement. Il s'efforça de chasser ses craintes.

« C'est trop tôt pour un épisode cévenol. Ce n'était qu'un orage isolé, rien de méchant ! »

Il s'installa devant la caravane, un livre à la main, mais il fut incapable de se concentrer sur sa lecture. Il relevait la tête à tout moment pour suivre l'évolution du temps.

L'averse s'intensifiait, le vent ne cessait de forcir. Il se fit belliqueux, secouant les arbres, faisant tourbillonner les rideaux de pluie de plus en plus épais. En milieu de matinée, des trombes d'eau meurtrirent le sol. Le ciel fulminait, tempêtait et gueulait. Les éléments se déchaînaient avec une telle violence qu'Alex en avait des brûlures d'estomac. Aux alentours de midi, il rejoignit les fantômes. Ils étaient blêmes, mais aucun n'osa exprimer ouvertement son inquiétude. Roberte réchauffa le coq au vin préparé la veille tandis qu'il restait planté devant la fenêtre, de plus en plus nerveux.

— Qu'est-ce qu'elle fait ? Elle aurait dû rentrer depuis une heure au moins ! Pourvu qu'elle n'ait pas eu d'accident !

— La voilà !

L'exclamation de Roberte le fit sursauter. Il colla son front contre une vitre, surpris de ne rien voir. Il se demandait si la femme n'avait pas rêvé quand un éclair déchira plus longuement le ciel, illuminant violemment les terrasses, le chemin, la mince silhouette qui se hâtait.

« Elle est à pied ? »

Il récupéra son parapluie dans le seau posé à côté de la porte, il courut à la rencontre d'Annie. Elle cria quelque chose qu'il ne comprit pas. Il la prit par la taille et l'entraîna vers le logis en la protégeant tant bien que mal. Le fait qu'elle ait abandonné sa voiture l'inquiétait à peine. Il imaginait un accident, un dérapage sur la route détrempée. Mais dans la mesure où sa compagne ne semblait pas blessée, il jugea que ça n'avait pas d'importance. Ils entrèrent en trombe dans la cuisine où Roberte attendait, une serviette de toilette à la main.

— Tu dégoulines, ma pauvre fille. Laisse-moi te sécher.

Tandis que la femme lui frictionnait le crâne, Annie bredouilla quelques mots qu'ils ne comprirent pas.

— Ne t'en fais pas pour ta voiture. Il y a la mienne. De toute façon, on n'avait pas besoin d'en avoir deux.

— Ce n'est pas ça… la C4 n'a rien… c'est… j'ai dû l'abandonner…

La gorge nouée, elle expliqua d'une voix enrouée :

— Il y a des arbres en travers du chemin, mais ce n'est pas le plus grave : il manque une partie de la chaussée. Le mur de soutènement s'est effondré !

Elle eut un sanglot.

— Nous sommes coupés du monde.

XXXVIII

LES ÉCLAIRS INCENDIAIENT les montagnes et la vallée. Les voiles d'eau se tordaient en tous sens, dessinant les caprices du vent qui arrachait des brassées de feuilles aux arbres bousculés. Des torrents dévalaient les flancs, creusant et ravinant. Protégés par leur K-way, Alex et Marius arpentaient le chemin, catastrophés par ce qu'ils découvraient. La chaussée semblait avoir été la cible d'un bombardement. Elle n'était que trous et crevasses, mais le dommage le plus important concernait le mur soutenant la terre au niveau de l'enrochement : il s'était écroulé sur une dizaine de mètres. Plus loin, en direction du croisement, la voiture d'Annie était bloquée par trois pins couchés en travers.

— Une berline peut passer, constata Marius avec soulagement. Les locataires pourront quitter la vallée.

Alex ne réagit pas, assommé par l'ampleur du désastre. Il laissa son regard aller des arbres déracinés au trou qui s'ouvrait à leurs pieds. Il était incapable de réfléchir, de décider quoi que ce soit. La colère le submergea soudain. Pris d'une véritable rage, il alla arracher une lourde pierre au flanc de la montagne pour la jeter au milieu d'un ruisselet qui coupait le chemin. Il en chercha une deuxième, une troisième, tentant de stopper le flux boueux. Marius l'imita, bien que sans conviction. Mais à peine avaient-ils construit une digue de cailloux qu'un autre écoulement fouillait le sol un peu plus loin. Ils luttèrent près d'une heure avant d'abandonner leurs efforts dérisoires. Découragés, les muscles endoloris, ils récupérèrent les provisions rapportées par Annie et les laissèrent à la famille qui les avait commandées. Ils se réfugièrent ensuite dans le mazet.

— C'est plus grave que l'an dernier, confirma Marius, la voix sourde. Les dégâts sont considérables. Il sera facile de dégager les arbres qui sont en travers et une voiture pourra passer au niveau de l'éboulement mais, si cet orage dure, ce qui reste du mur ne tiendra pas.

Annie soupira.

— Encore heureux qu'on soit un vendredi. Les locataires partiront tous demain.

— À quelques semaines près, le terrassier aurait tout goudronné, gronda Alex. On aurait dû…

— Un déluge pareil, si tôt dans la saison, c'est exceptionnel.

— Exceptionnel ou pas, peu importe ! Ça vient d'arriver ! Pour l'instant, notre priorité c'est de rouvrir le passage. Je vais tronçonner les arbres tombés et baliser la zone dangereuse. Si un de nos clients avait un accident, ça nous ferait une contre-publicité terrible.

Il avait le regard grave, le visage fermé.

— Pendant ce temps, Annie, tu téléphoneras aux personnes qui ont réservé pour les semaines à venir. Ça ne servirait à rien de laisser venir des gens qui feraient demi-tour à peine arrivés. Ils nous démoliraient sur les réseaux sociaux et ils auraient raison. Après…

Il soupira. Il n'avait pas envie de réfléchir à l'après.

— … on verra.

Il considéra tristement Roberte et Marius qui avaient les larmes aux yeux.

« Ils ne risquent rien pourtant. »

Il rabattit la capuche de son K-way.

— Je vais chercher la tronçonneuse. Marius, si tu pouvais…

— Venir t'aider ? Bien entendu, mon petit.

La sonnerie du téléphone les fit sursauter. Annie échangea quelques mots avec son interlocuteur, avant de raccrocher, désabusée.

— C'était une annulation.

Alex débita les pins déracinés, des arbres de faible diamètre heureusement. Il les découpa en billots de petite longueur afin que Marius puisse les mettre sur le talus. Cela fait, ils plantèrent des piquets au niveau du glissement de terrain, puis ils les relièrent par des cordes de façon à baliser la zone dangereuse. Ils rentrèrent en fin d'après-midi avec la voiture d'Annie, un véhicule léger pouvant passer à condition de serrer côté roche.

Lorsque les deux couples se séparèrent, tard dans la soirée, un nouvel orage meurtrissait la vallée. Alex et Annie se réfugièrent sous leurs draps en s'enlaçant avec force. Ils s'éveillèrent tôt, après une mauvaise nuit. Le jour peinait à se lever, sinistre. La pluie, fine à présent, caressait le sol détrempé. Les éclairs n'étaient plus perceptibles, les roulements du ciel leur parvenaient très assourdis. Le déluge s'abattait sur d'autres habitations, d'autres villages.

Leur petit déjeuner expédié, les deux hommes se postèrent au niveau de l'effondrement pour guider les locataires qui désertaient la vallée, veillant à ce qu'ils passent sans encombre la zone dangereuse. Puis ils reprirent le chemin du mas, maussades.

« Nous avions fait du beau travail... »

Le déjeuner fut morne, silencieux. Ils mangèrent à peine, l'estomac noué.

— J'ai beau tourner le problème dans tous les sens, j'en arrive toujours à la même conclusion, gronda sourdement Alex. Qu'on fasse sauter la roche ou qu'on reconstruise le mur de soutènement, la réfection du chemin nous coûtera plus cher que l'an passé. Nous devrons faire une croix sur la piscine mais ça ne suffira pas.

— Nous nous sommes endettés au maximum de nos possibilités, murmura Annie, démoralisée. À présent que nous sommes tous deux au chômage, aucune banque ne nous prêtera.

— Les organismes de crédit à la consommation sont moins regardants que les banques.

— Ils ont des taux prohibitifs et, de toute façon, il faudrait avoir des fiches de paie à présenter.

Alex repensa aux bulletins de salaire vierges qu'il avait subtilisés. Il ressentit une brûlure à l'estomac. Il ne les avait pas pris dans un tel but.

« Ce serait faire de la cavalerie. Ça se termine souvent mal. »

— On se débrouillera.

— Mais comment ? Et même si nous obtenons un prêt, aurons-nous les moyens de le rembourser ?

Il n'eut pas le courage de répondre que, s'ils ne trouvaient pas de solution à ce problème, ils devraient vendre leur domaine avant qu'il soit saisi.

« Mais à quel prix ? Que nous resterait-il, nos dettes remboursées ? Et après, pensait-il, gorge serrée, nous ferons quoi ? Notre couple... »

Une main se posa sur son épaule, le faisant tressaillir. Il baissa son regard sur Marius. Il lut tant de compassion dans les prunelles de l'homme qu'il sentit une douce chaleur monter en lui.

— Nous trouverons une solution, assura-t-il, réconforté par ce geste.

Il prit le visage d'Annie entre ses mains et l'embrassa tendrement.

— Nous y arriverons !

Il avait tant insisté que le terrassier s'était déplacé le soir même, après sa journée. Il avait examiné le chemin d'un bout à l'autre afin de chiffrer le coût des travaux nécessaires. Il s'était montré franc.

— Je peux faire sauter la roche pour élargir le passage mais le plus économique, pour vous, ce serait de refaire ce mur. Je pourrai ensuite combler le trou et attaquer le nivellement.

Alex avait remercié l'homme pour son honnêteté. Il avait téléphoné à Costa qui, par sympathie, s'était déplacé dès le lendemain matin afin d'établir un devis. Puis il avait rejoint Annie et les retraités. Ils avaient déjeuné en silence, moroses.

Annie avait à peine mangé. Elle avait, durant trente ans, été confrontée à la difficulté de gérer une grande surface et avait appris que chaque problème a une solution. Elle réfléchit à celui qui se posait à eux.

— Je pense à quelque chose... Si nous n'avions que le mur de soutènement et le goudronnage à payer, on pourrait s'en sortir ?

— On devrait toujours se passer de la piscine, mais... il ne serait pas nécessaire de faire un emprunt. Tu as une idée ?

Elle se leva et prit un parapluie.

— Peut-être. Je dois vérifier. Laisse-moi une heure ou deux. Je ne veux pas te donner de faux espoirs.

Elle récupéra leur ordinateur dans la caravane, puis elle gagna l'un des gîtes. Une petite demi-heure plus tard, elle souriait, soulagée.

« Ça coûtera moins que faire appel au terrassier. »

Elle passa plusieurs coups de fil avant de raccrocher, réconfortée. Il était presque 16 heures quand elle retourna au mazet, ragaillardie.

— Le goudronnage restera indispensable, bien entendu, mais il y a un poste de frais que nous pouvons considérablement réduire : le terrassement !

— On ne pourra pas réparer le chemin par nos propres moyens, ma chérie. Ou alors il faudra des semaines ! Des mois peut-être ! On n'aura jamais fini pour les prochaines vacances.

— Si tu te sens capable de conduire un bulldozer, quelques jours suffiront.

L'air surpris de son amant lui arracha un sourire.

— La location d'un engin coûte entre huit cents et mille deux cents euros par jour ; ça varie d'une entreprise à l'autre. Bien entendu, il faut ajouter le coût de la livraison et de l'enlèvement, mais ça reviendra bien moins cher que de tout confier au terrassier. J'aurais pu y penser l'an dernier, mais comme nous avions une trésorerie suffisante, je n'ai pas réfléchi, avoua-t-elle en rougissant. Alors ? Qu'est-ce que tu en dis ?

— J'en dis que c'est une sacrée bonne idée !

— Tu pourras manier une telle machine ? s'inquiéta Marius. Moi, personnellement, ça me ferait peur.

— Ça ne doit pas être si compliqué que ça. Comme c'est un engin robuste et lent, une fausse manœuvre ne doit pas porter à conséquence. Annie, tu nous sauves la mise ! Nous n'aurons pas à emprunter et, crois-moi, ça me soulage bougrement !

Il prit la femme dans ses bras, optimiste à nouveau.

— Ce n'est pas aujourd'hui que nous jetterons l'éponge. Dès que Costa aura remonté le mur, nous louerons un bull et je referai le chemin ! Tu es géniale, mon amour !

XXXIX

Les orages reprirent le soir même, retardant l'intervention de Costa. Les habitants de la vallée passèrent les jours suivants à consulter le site de Météo France. Leur inquiétude était d'autant plus vive que cet épisode cévenol atypique semblait s'installer. Une pluie drue ruissela toute la semaine sur la terre saturée. Les ruisseaux et les rivières, comme la Vis, l'Orb et le Lez, sortirent de leur lit. Les flots envahirent les bas quartiers d'Alès et de Saint-Jean-du-Gard, inondant des centaines de maisons, dévastant les campings.

Quand les intempéries cessèrent enfin, le chemin n'était pas seulement défoncé. Il était ravagé. Totalement impraticable. Ce qui restait du mur de soutènement s'était effondré. Aucun véhicule ne pouvait passer. Alex téléphona à son fils afin qu'il vienne les ravitailler. Il lui donna rendez-vous en fin de soirée, au niveau du croisement. Il l'attendit à l'heure prévue avec Annie et Marius, munis de sacs à dos et de paniers. Le jeune homme tardant et ne répondant pas au téléphone, l'anxiété finit par le gagner.

— Il est presque 20 heures. Il devrait être là depuis une bonne heure, à présent. Montpellier n'est pas si loin ! Pourvu qu'il ne lui soit rien arrivé !

Annie ouvrait la bouche pour le rassurer quand le véhicule apparut au niveau du virage.

— Le voilà !

Soulagé, Alex se précipita.

— On s'inquiétait, Guillaume ! La route a été difficile ?

— C'est peu de le dire ! Le macadam a été emporté par endroits, après Sumène. Il m'a fallu rouler au pas pour éviter de crever.

Il ouvrit le coffre empli de victuailles.

— J'ai apporté de quoi tenir un bon moment. Des produits de base pour l'essentiel : du riz, des pâtes et des pommes de terre. Beaucoup de conserves aussi.

Satisfait, Alex prit son fils par les épaules et le serra affectueusement contre lui.

— Tu as bien fait. Encore merci. Ça se passe comment, à Montpellier ? Il y a pas mal de dégâts si on en croit la télé, mais les journalistes en rajoutent souvent dans le genre catastrophe.

— Ils n'exagèrent pas, en l'occurrence. La situation est moins dramatique que dans le Gard, mais il n'empêche : le Lez déborde par endroits et le Verdanson a rarement été si chargé.

— Et chez ta mère ?

— Il y a plusieurs centimètres d'eau dans le jardin mais ça ne risque rien. Le vide sanitaire est suffisamment haut.

— Tant mieux. Nous n'avons jamais été inondés, mais il a rarement autant plu. Je m'inquiétais un peu.

Le jeune homme aida son père à sortir les provisions de son coffre et à emplir les sacs.

— Je vais vous accompagner.

— Ce n'est pas la peine, Guillaume. Dépêche-toi de rentrer. Mylène s'inquiétera à son tour si tu tardes trop.

Alex embrassa son fils, il le regarda manœuvrer pour faire demi-tour puis s'éloigner en faisant un signe de la main.

« Je n'ai pas raté ma vie avec Danielle, jugea-t-il, ému, en rejoignant ses amis. Nous avons fait un bel enfant. Rien que pour ça, notre mariage en valait la peine. »

Leur nouveau champ étant situé au sud de Roquedur, ils avaient sauté sur leur moto dès qu'ils avaient su qu'une averse de grêlons s'était abattue sur ce village. Le rouquin avait pris le guidon et avait foncé sous la pluie battante.

Pour constater les dégâts.

La récolte s'annonçait abondante : ils avaient rarement eu des plants si fournis. Mais ils découvraient avec stupeur une culture dévastée. L'orage qui avait martelé cette partie de la région avait été dantesque. La grêle avait haché les feuilles et les tiges. On aurait dit qu'une horde furieuse s'était acharnée sur chaque végétal. Les deux hommes avaient lentement fait le tour de leur champ, assommés par l'ampleur du désastre. Leur plantation était anéantie. Soudain, le grand avait explosé. Il avait vomi une litanie ordurière avant de retourner vers leur moto à grandes enjambées. Il l'avait enfourchée et avait démarré sans se soucier de son comparse qui s'était accroché à lui *in extremis*. Il avait roulé à vive allure, bifurquant vers Sumène, empruntant la route qui passait à proximité de leur ancien champ. Il s'était arrêté au niveau des fourrés qui, les années précédentes, leur avaient permis de dissimuler leur 125.

Soulevant la visière de son casque pour se faire entendre, le petit questionna :

— Qu'est-ce qu'on fout là ?

— Je veux voir !

— Voir quoi ?

Son acolyte ne répondant pas, il se résigna à le suivre. Ils parcoururent le sentier qui conduisait au champ abandonné. Le rouquin l'arpenta de long en large, tête baissée. La pluie continuait de tomber, ruisselant sur la terre gorgée d'eau, mais aucun buisson, aucun arbre n'avaient souffert.

— Il n'y a pas eu de grêle ici ! gronda sourdement le rouquin. Si ces connards ne nous avaient pas dénoncés… si on n'avait pas été obligés de déménager…

Il ne parvenait pas à terminer ses phrases tant il avait les mâchoires soudées par la colère. Il regarda en direction de l'ouest, vers le domaine.

— S'ils ne nous avaient pas dénoncés, grinça-t-il à nouveau.

Il y avait une telle haine sur son visage que le petit frissonna.

Touché par les déboires des deux couples, Costa n'avait pas hésité à scinder une de ses équipes. Les ouvriers désignés avaient démoli ce qui subsistait du vieux mur. Ils avaient coulé de larges fondations puis ils avaient construit un solide contrefort, laissant à Alex le soin de combler le trou restant entre leur ouvrage et la partie intacte du chemin.

La semaine suivante, le loueur contacté avait apporté un Caterpillar à l'aide d'un puissant transporteur. Consciencieux, il avait accompagné Alex jusqu'au col pour mesurer le travail à accomplir et lui donner quelques conseils. Puis il l'avait initié à la conduite du bulldozer. Il n'avait pris congé que lorsqu'il avait estimé son « élève » prêt à se débrouiller seul.

Alex regarda le transporteur disparaître avec un mélange d'appréhension et d'excitation. Il maîtrisait à présent les manœuvres de base, mais il lui manquait l'essentiel : la coordination et la dextérité qui ne s'acquièrent qu'avec l'expérience.

Il eut une grimace comique à l'adresse d'Annie et des retraités qui l'observaient avec circonspection. Il poussa un bref soupir puis il se décida : il posa ses mains sur les manettes de la colossale machine qui vrombissait sourdement. Il eut l'impression de sentir la puissance brutale et formidable qu'il avait le pouvoir de libérer. Le diesel grondait avec une régularité de métronome, le pot d'échappement crachait une fumée épaisse et noirâtre. Le cœur battant un peu plus fort à présent qu'il était seul aux commandes, il mit la marche avant. Les quatorze tonnes du monstre s'ébranlèrent, écrasant la pierraille. Maintenue par ses robustes longerons de poussée, la lourde lame entailla le flanc gauche du chemin. Les débris arrachés à la montagne s'accumulèrent avant de s'ébouler sur les côtés de la plaque d'acier.

Alex actionna la manette de levée, il avança légèrement puis il abaissa la lame en position flottante devant le tas. Il recula ensuite pour égaliser, nivelant les bosses, refoulant les déblais dans les trous et les rigoles. Il fit une deuxième passe, puis d'autres encore jusqu'à ce que la caillasse soit étalée et compactée, que cette partie du chemin soit parfaitement aplanie. Il progressa de quelques mètres, le tranchant en position de coupe, entaillant le flanc pour élargir la chaussée, oubliant sa compagne et les fantômes qui l'observèrent un moment avant de regagner la vallée.

Lorsque Annie l'interpella joyeusement, il réalisa qu'il était presque 13 heures. Il arrêta la bruyante machine, courbaturé, mais ravi.

— Je commence à l'avoir bien en main, tu as vu ? Je suis lent, mais je ne suis plus aussi maladroit que ce matin. J'en aurai pour une bonne semaine, je pense. Une et demie peut-être.

Il se frotta vigoureusement les avant-bras et les biceps noués par la crispation, il fit quelques mouvements d'assouplissement puis il s'assit sur le talus.

— Tu déjeunes avec moi ?

— Bien entendu, mon amour.

Elle prit place à ses côtés. Elle ouvrit le cabas posé entre ses pieds et en sortit deux assiettes, les couverts et un Tupperware contenant un ragoût d'agneau encore chaud. Ils se restaurèrent en silence.

Il termina son pélardon, son bout de pain, il but avec gourmandise un dernier verre de rouge. Annie qui l'observait du coin de l'œil avait l'impression de retrouver les gestes de son père, du papé, de leurs ancêtres paysans, ces gestes de gens austères et rudes qui aimaient le travail et les plaisirs simples.

Elle sourit, amusée, en le voyant s'essuyer les lèvres du revers du poignet : il avait été cadre dans une grande entreprise. Il avait occupé un emploi stratégique et avait participé à des réunions importantes pour l'avenir de dizaines de personnes. Il avait montré à ses interlocuteurs le visage d'un professionnel impeccablement coiffé, aux joues glabres, au costume sobre et strict. Or là, sur ce talus, elle admirait, amoureuse, un homme mal rasé, aux cheveux embroussaillés et vêtu d'un bleu de travail.

« On dirait un paysan d'autrefois. Un simple saisonnier. »

Puis elle se demanda comment un inconnu la jugerait, elle, en la découvrant ainsi, les fesses dans l'herbe humide, habillée d'un vieux jean et d'une veste d'homme si large qu'elle avait dû retrousser les manches. Elle considéra ses mains rugueuses, ses ongles coupés court. Elle se revit un an plus tôt, paradant dans son supermarché, pomponnée, maquillée, élégante. Très classe.

« Sans doute nous prendrait-il pour deux bouseux ? »

Elle se souvint de son père lisant son journal du dimanche avec application, ronchonnant devant un programme de télévision qu'il trouvait trop intellectuel.

« La position sociale fait-elle l'homme ? L'habit fait-il le moine ? »

— J'y retourne.

La réflexion la tira de sa rêverie.

— À ce soir, mon amour, dit-elle en lui tendant ses lèvres.

Il s'attarda sur la bouche offerte, puis il remonta sur l'engin. Il travailla sans relâche, concentré, ignorant ses amis qui, tour à tour, venaient se rendre compte des progrès réalisés.

Le soir du quatrième jour, il les rejoignit, content de lui.

— J'en suis au niveau du mur de soutènement. Demain, je comblerai le trou, puis je nivellerai le reste de la chaussée. Dans quelques jours, ce sera terminé. Nous pourrons faire goudronner ce foutu chemin !

— Que Dieu t'entende ! s'exclama Roberte qui n'était pourtant pas croyante. Qu'on en termine enfin avec cette série noire !

XL

Mauvais et rancunier, mais lâche et veule, le rouquin ressassa longuement sa colère avant de trouver le courage d'agir à nouveau. Cette nuit-là, cessant de tergiverser, il secoua son acolyte qui ronflait sur le lit voisin et l'obligea à le suivre. Il éteignit le phare de la moto au niveau du croisement et roula à faible allure jusqu'au col, remarquant sans y attacher d'importance le bulldozer figé devant un large trou.

Extrêmement inquiet, le blondinet trouva le courage de protester :

— Il y a sûrement plein de gens, maintenant. S'il y avait des victimes…

— Tu vois bien qu'il n'y a que deux voitures !

— Tout de même. Ça va trop loin. On finira par se faire prendre. En plus, ils ne sauront même pas pourquoi ça leur arrive !

— Ils ne nous ont pas eus la première fois, ils ne nous auront pas davantage cette fois-ci. Et crois-moi, ils le comprendront, d'où ça vient ! On a perdu deux récoltes à cause d'eux ! T'as pas intérêt à te dégonfler, putain !

Ils descendirent en roue libre, le plus silencieusement possible, mais alertant les ânes qui se mirent à braire.

— Putain ! gronda le grand. Ils vont les réveiller, ces enfoirés !

Une fois devant le bâtiment, il nota avec soulagement qu'aucune lueur ne filtrait au niveau des volets. Il mit pied à terre.

— Les… les ânes. Ils ont dû les alerter. On ferait mieux de se tirer, supplia le petit, de plus en plus inquiet.

— S'ils étaient réveillés, on verrait de la lumière. Alors tu la fermes ! Tu prends le guidon et tu te tiens prêt à démarrer !

Courbé, s'efforçant de ne pas faire crisser le gravier, il se faufila jusqu'aux véhicules afin d'entailler les pneus. Il rejoignit ensuite son ami qui, fébrile, lui tendit un bidon d'essence. Il se dirigea vers la porte cochère la plus proche et tenta d'ouvrir.

— Et merde ! C'est bouclé !

Contrarié, le cœur battant, il longea le mas toujours aussi silencieux. Il tenta d'ouvrir la seconde porte sans plus de succès. Il monta aux étages avec le même luxe de précaution.

— Tout est fermé ! gronda-t-il en rejoignant son comparse.

— Il fallait s'y attendre. Ils se méfient, maintenant.

Le rouquin hésita. Mettre le feu aux menuiseries ne le satisfaisait pas. Les dégâts ne seraient pas à la hauteur du préjudice qu'il estimait avoir subi. Il chercha une cible plus intéressante.

— Les tables et les chaises ? suggéra son ami, pressé de déguerpir.

— C'est du plastique. Ça vaut pas le coup. Tant pis. Je vais m'occuper de leurs bagnoles ! Au moins ça !

Il retourna rapidement jusqu'aux voitures.

« Ça fera quand même un beau feu de joie ! » jugea-t-il, mauvais, en aspergeant les véhicules.

Il glissa une main dans la poche droite de sa veste.

— C'est pas vrai !

Il se fouilla fiévreusement puis, vexé, il fit signe à son compère de le rejoindre.

— Qu'est-ce qu'il y a ?

— File-moi ton briquet. J'ai dû perdre le mien, je ne le trouve pas.

Là-haut, les ânes s'étaient remis à braire de bon cœur.

— Grouille-toi ! supplia le petit blond. Ils vont finir par se réveiller si ces bestiaux continuent à gueuler !

— C'est bon, t'affole pas ! Prêt pour le feu d'artifice ?

— Alex ! Annie ! C'est vous ?

Le cri du vieux les figea.

— Putain !

Paniqué, le grand jeta le briquet allumé sur la C4. Un nuage incandescent les enveloppa aussitôt, leur roussissant les sourcils et seul le port du casque leur évita d'y laisser leur chevelure.

— On se tire !

Affolés, les deux voyous détalèrent vers leur moto tandis que Marius s'époumonait :

— Alex ! Annie ! Au feu ! Ils ont mis le feu !

Alerté, Alex se rua dehors. Le véhicule commençait à flamber.

— Nom de Dieu !

— Qu'y a-t-il ? questionna Annie qui n'avait pas osé le suivre, apeurée.

Il récupéra son trousseau de clés sans prendre le temps de lui répondre et courut vers la Ford, insensible aux gravillons qui lui blessaient la plante des pieds.

— Les salauds ! s'exclama-t-il en constatant que, comme la fois précédente, les pyromanes avaient crevé les pneus.

Il ouvrit rapidement sa voiture, il se glissa au volant et démarra en priant pour qu'elle ne s'enflamme pas. Il l'éloigna du brasier, puis il alla à la rencontre de Marius qui arrivait en trottinant, à bout de souffle.

— Tu as pu voir leur tête ?

— Non, Alex. Juste des silhouettes. Un grand et un petit. J'ai d'abord cru que c'était vous, mais comme ça me paraissait bizarre que vous soyez levés de ces heures, j'ai appelé. J'aurais pas dû. Je les ai alertés. J'aurais pu m'approcher, sinon.

— Et ils t'auraient roué de coups ! Tu as bien fait de crier.

Le couple, catastrophé, regardait les flammes qui ravageaient la voiture tandis que, d'une voix chevrotante, Marius expliquait à Roberte accourue à son tour que c'est le braiment des ânes qui l'avait réveillé.

— Il faut prévenir les gendarmes ! gronda Alex. Ils auront peut-être le temps de mettre des barrages.

Il regagnait leur logis, sa compagne serrée contre lui, maîtrisant sa colère à grand-peine, quand le bruit familier d'un moteur le fit sursauter.

— Arrête-toi ! Arrête-toi !

Le rouquin tapait brutalement sur l'épaule de son camarade qui stoppa à contrecœur.

— Quoi ? Qu'est-ce qu'il y a ?

— Une bagnole, c'est pas suffisant ! Ils méritent plus que ça !

— Fais pas le con ! Ils vont nous rattraper !

Mais, l'autre se dirigeant à grands pas vers le Caterpillar, il se résigna à le suivre en jetant des regards inquiets vers le col.

— Qu'est-ce que tu vas faire ?
— Envoyer cet engin en bas !
— Qu'est-ce que tu veux que ça leur fasse ? Il n'est sûrement pas à eux !
— Le bull, non, mais ce mur, oui !
Le visage mauvais, le rouquin montra le contrefort construit par les maçons.
— Il n'y résistera pas !
— Mais...
Terrifié, le petit ne quittait pas le col des yeux, s'attendant à voir surgir à tout instant les phares d'une voiture.
— Tu sauras le mettre en route ?
— Tu oublies que j'ai bossé sur un chantier, il y a deux ans. Le conducteur de travaux m'avait à la bonne. Il m'avait appris à en conduire un ! Juste pour le fun ! Faut dire que je lui refilais de l'herbe gratos, tu te rappelles ?

Il courait en jurant, mais à peine était-il arrivé au niveau du col que le moteur du bull se tut, remplacé peu après par celui d'une moto.
« Ils s'en vont ! » comprit-il, désespéré.
Il cessa de galoper quand il réalisa qu'il ne voyait plus l'engin de chantier.
« Pas ça ! Oh non ! Pas ça ! »

Pendant que le propriétaire du Caterpillar examinait son engin, consterné, Cauchois considérait avec commisération les deux couples assis face à lui. Il ressentait leur colère mêlée d'abattement. Ils avaient les yeux rougis, le teint grisâtre. Ses collaborateurs s'activaient, consciencieux mais désabusés. La carcasse du véhicule incendié ne pourrait rien révéler. Au moins, les faits étaient clairs : pas plus que l'année précédente il ne pouvait soupçonner une escroquerie à l'assurance.

— Quand mes hommes en auront terminé, nous comparerons les empreintes que leur moto a laissées sur le chemin à celles dont nous disposons déjà. Mais je pense, comme vous, que nous avons affaire aux mêmes individus. Nos recherches n'ont rien donné jusqu'à présent, mais nous finirons bien par les avoir. Tôt ou tard, ils paieront pour ce qu'ils vous ont fait.

— Ils paieront quoi ? gronda Alex, le regard noir. Et comment ? Ils feront quelques mois de prison si par miracle ils n'ont pas de sursis ? Ce n'est pas ça qui nous dédommagera ! La voiture, ce n'est pas le plus grave. Mais je ne sais pas si nous aurons les moyens de faire reconstruire le mur. Ils l'ont complètement détruit.

Le gendarme n'insista pas. Il comprenait d'autant mieux l'amertume des victimes que lui-même avait parfois le sentiment d'être impuissant. À quoi bon arrêter un petit malfrat s'il se retrouve libre presque aussitôt ?

« Encore heureux quand ils ne nous font pas un doigt d'honneur en sortant du palais de justice ! »

Ses collaborateurs avaient terminé leurs relevés quand le propriétaire du bulldozer les rejoignit.

— Alors ?

L'homme grimaça.

— Il faudra que je le sorte de ce trou pour l'examiner plus sérieusement, mais à première vue il n'a pas trop souffert. Il y aurait juste un longeron faussé. Le mur, par contre… ce qu'il en reste ou rien, c'est pareil.

— Quand vous aurez le détail des dégâts, vous devrez passer à la gendarmerie pour porter plainte.

— Je n'y manquerai pas, capitaine. En attendant, je dois m'occuper de mon engin. Ça ne sera pas facile de le sortir de là. Je reviendrai cet après-midi avec le nécessaire.

L'homme prit congé, suivi peu après par les militaires.

Alex serra Annie contre lui, le visage fermé. Sa colère s'était apaisée au cours de la nuit. Il ne lui restait qu'une grande lassitude.

— Je vais appeler Costa.

Alerté, l'entrepreneur vint le jour même pour constater l'étendue des dégâts, pestant contre la méchanceté des responsables.

— Il mettra deux ouvriers sur le mur dès que le Caterpillar aura dégagé, résuma Alex à ses amis.

Apparemment, les fondations n'ont pas bougé. C'est déjà ça.

— Ça coûtera moins cher, alors ?

— À peine, Annie. Ce ne sont pas les fondations qui demandent le plus de travail. Quand le mur sera reconstruit, je louerai un engin – à une autre entreprise, bien entendu – et je terminerai le terrassement. Cette fois, je ne laisserai pas l'appareil dans le chemin. Je le descendrai chaque soir dans la cour. Le problème, évidemment, c'est ce coût supplémentaire.

Il soupira.

— Cette fois-ci, nous n'avons pas le choix : nous devrons faire un nouvel emprunt.

— Je vais voir autour de moi, murmura Annie sans grande conviction. Si des amis peuvent nous aider…

— Il t'en reste beaucoup, des amis ?

Elle ne répondit pas. Il était de fait que, depuis son divorce, son cercle relationnel s'était notablement réduit.

La mine grave, peu fier de lui, il rendait compte à ses associés. Roberte et Marius l'écoutaient sans s'étonner qu'il ait pu obtenir des crédits tout en étant chômeur.

— Je me suis adressé à différents organismes. Il m'a semblé plus prudent de faire plusieurs petits crédits plutôt qu'un gros. Ils ont tous été acceptés. Nous disposons à présent de l'argent nécessaire.

— Ça fera des mensualités importantes ? s'inquiéta Marius.

— Assez, répondit-il, peu enclin à entrer dans les détails, ce qu'Annie comprenait.

Elle savait ce qu'il avait dû faire pour obtenir ces prêts : de faux bulletins de salaire qu'il avait ajoutés aux RIB et aux quittances EDF du mas qui, heureusement, étaient à son nom. Cette démarche ne lui avait pas été facile mais leur situation était désespérée. Il ignorait s'ils arriveraient à éviter la faillite, mais ils ne pouvaient laisser les choses en l'état. Restaurer l'accès au domaine était impératif : pour louer leurs gîtes à nouveau et avoir une chance de s'en sortir, pour vendre leur vallée s'ils n'avaient d'autre solution.

XLI

GRANDEUR ET DÉCADENCE.

C'est une réflexion qui lui venait souvent à l'esprit quand il rentrait le soir, désabusé, après avoir passé sa journée à accomplir un travail ingrat ou inintéressant. Il avait fait le tour des agences d'intérim, des exploitations agricoles, des sociétés susceptibles de l'employer, acceptant tout ce qui se présentait quel que soit le salaire. Il avait été tour à tour aide-comptable, préparateur de commande et même manœuvre. Il lui arrivait de repenser à sa vie d'avant, à sa situation professionnelle si rémunératrice, à ses amis si sympathiques.

Si vite disparus.

Tout comme Annie, il avait fait le vide autour de lui quand il s'était agi de demander leur aide aux uns et aux autres. Ils s'étaient presque tous défilés sous de mauvais prétextes. Ceux qui avaient accepté l'avaient fait avec tant de réticence que c'est lui qui, finalement, avait refusé. Leur situation était extrêmement délicate, mais pas au point de lui faire perdre toute dignité.

De son côté, Annie avait amassé une coquette somme en vendant sur les marchés les champignons, puis les châtaignes glanés dans la forêt. Jusqu'à présent, ils avaient pu honorer leurs échéances sans avoir à vivre aux crochets des fantômes.

Alex observait souvent sa compagne à la dérobée, s'inquiétant de ses pensées, de son état d'esprit. Il ne pouvait se reprocher de l'avoir amenée à divorcer, mais il s'en voulait de l'avoir, ce faisant, obligée à abandonner une situation solide et confortable. La sous-directrice de supermarché était devenue, à cause de lui, une chômeuse vivant une partie de l'année en caravane.

Aussi, un soir, après l'amour, protégé par l'obscurité, il posa la question qui le taraudait depuis que leurs ennuis s'accumulaient.

— Tu ne regrettes pas d'avoir quitté ton mari ? Tu avais une belle vie, avant.

— J'avais un emploi bien payé, Alex. C'est différent. Quelle belle vie peut-on avoir auprès d'un homme qui est devenu un partenaire plus qu'un mari ? Avec ce souvenir de nous qui, certains jours, me faisait mal ? Peu importe notre avenir, mon chéri. Nous sommes ensemble et rien que pour cela, je n'ai aucun regret.

Il l'avait serrée très tendrement contre lui. Il l'avait embrassée.

— Moi non plus, mon amour. Je ne regrette pas.

XLII

ANTOINE ÉTAIT UN GAMIN de quatorze ans, malin et débrouillard. Le visage épanoui, les cheveux châtain clair, il était de taille moyenne, plutôt costaud. Chaque vendredi, les cours se terminant vers 16 heures, il s'offrait un moment de détente dans un bar proche du collège. Ses parents lui laissaient d'autant plus volontiers ces instants de liberté qu'il était peu influençable. Il profitait donc de ces fins d'après-midi pour refaire le monde avec ses amis, un verre de jus de fruits ou de Coca à la main, lorgnant avec envie la chope de bière que certains se permettaient.

Il ne se risquait pas encore à commander ce genre de boisson. Être fils de gendarme implique une certaine discipline. Il convient d'ajouter que le patron du bistrot connaissant la plupart des militaires – dont son père – il jugeait plus prudent de se tenir à carreau.

Ce jour-là, il entrait en discutant si vivement avec deux camarades qu'il bouscula le grand escogriffe qui s'était arrêté devant lui.

— Oh pardon ! Excusez-moi !

— Regarde où tu marches, merdeux ! gronda l'autre, mauvais.

Impressionné par l'air agressif du jeune homme, Antoine fit profil bas. Il prit place aux côtés de ses amis de façon à garder un œil sur l'énergumène dont le teint rouge brique l'avait surpris : la saison n'était plus aux coups de soleil. Son intérêt s'accrut quand le rustaud, qu'il connaissait de vue, fut rejoint par son compère, un garçon du même âge qui avait également le haut du visage empourpré.

Être fils de gendarme implique une certaine retenue, le moindre écart de conduite prenant plus d'importance que dans une famille ordinaire. La contrepartie, ce sont les histoires surprenantes qui agrémentent parfois les repas. Ainsi, deux jours auparavant, le père d'Antoine leur avait décrit le désespoir de ces Cévenols victimes d'un acharnement criminel. Il avait parlé d'un véhicule incendié, de la remarque d'un témoin estimant que les pyromanes en avaient certainement pris « plein la gueule » !

Le militaire avait rosi, un peu embarrassé, lorsque son épouse lui avait rappelé avec malice qu'on ne se montre pas grossier quand on interdit de l'être à ses enfants. Antoine avait ri sous cape et avait oublié cette histoire, d'autant que son père avait enchaîné sur les péripéties d'un sans-abri qui s'était fait voler son pantalon alors qu'il cuvait son vin et qui était venu se plaindre quasiment cul nu à la gendarmerie.

La réflexion, quant à la possibilité que les deux incendiaires aient pu être brûlés, lui était sortie de la tête jusqu'à ce que ces deux visages rougeauds éveillent son attention. Il coupa un de ses camarades qui commentait le dernier match de foot des Montpelliérains.

— Ne regardez pas tout de suite, mais à la table du fond, à droite, il y a deux types qui traînent souvent ici. Un blond et un rouquin. Vous les connaissez ?

En dépit de l'avertissement, ou à cause de lui plutôt, deux paires d'yeux se tournèrent vers les consommateurs qui, heureusement, étaient occupés à bavarder.

— Mais arrêtez ! Ils vont nous repérer !

— Pourquoi veux-tu savoir si on les connaît ?

— C'est pour une enquête, précisa-t-il, l'air mystérieux.

L'un de ses amis sembla hésiter.

— Alors ?

— Ce sont des branleurs. Ils dealent un peu. Mon frère m'a fait tirer quelques bouffées de son pétard un jour et c'est le blond qui lui avait vendu.

Le gamin réfléchit rapidement. L'idée que ces deux hommes soient les incendiaires dont avait parlé son père lui donna un agréable frisson. Il s'éclipsa en murmurant une vague excuse. Une fois sur le trottoir, le cœur battant, il téléphona à la gendarmerie. Son père était en mission, mais le militaire qu'il eut au bout du fil proposa de lui passer leur supérieur. Antoine fit part de son hypothèse, embarrassé à présent, se demandant s'il ne s'était pas fait un film. Il se sentit aussi soulagé que fier lorsque Cauchois le félicita pour son initiative avant de lui indiquer la marche à suivre. Il rejoignit ses camarades en s'efforçant de maîtriser son excitation. Son cœur s'accéléra quand le patron décrocha le téléphone qui sonnait sur le comptoir. Le commerçant lui jeta un regard étonné, puis il hocha la tête, le front plissé. L'adolescent patienta après le départ de ses amis, feignant de lire le journal délaissé par un consommateur, se faisant violence pour ignorer les deux jeunes hommes qui bavardaient toujours à mi-voix. Quand ils partirent à leur tour, le cafetier saisit leurs verres du bout des doigts et les mit dans un sac en papier, respectant à la lettre les consignes reçues.

— Prends ça, Antoine. C'est pour Cauchois. Tu lui préciseras que je les ai attrapés par le rebord, mais le plus haut possible pour qu'il ne confonde pas mes empreintes avec les autres. S'il s'agit bien des gars qu'il recherche, il n'aura qu'à me rappeler. Je sais où ils habitent.

Ils venaient de ranger les tables et les fauteuils de jardin au rez-de-chaussée de la grange quand le véhicule de la gendarmerie se gara à côté de la Fiesta. Ils allèrent à la rencontre du gradé qui les rejoignait en arborant un grand sourire.

— On les tient, dit-il sans préambule en leur serrant la main.

— C'est vrai ? s'exclama Roberte. Oh, mon Dieu ! Quel soulagement !

— Nous avons eu de la chance, reconnut le militaire. En fait, comme toutes les personnes passionnées par leur travail, mes hommes évoquent parfois les affaires en cours, au moment des repas. Ils ne donnent jamais de détails trop précis, mais… bref, l'un d'eux avait parlé de l'incendie de votre voiture et de la possibilité que les pyromanes aient pu être brûlés au visage. Ce récit a conduit son fils à s'interroger quand il a vu, dans un bar, deux jeunes qui avaient l'air d'avoir pris un coup de soleil. En cette saison, ça l'a intrigué, bien entendu. Dès qu'il m'a alerté, j'ai appelé le cafetier afin qu'il lui confie les verres des suspects. Le relevé des empreintes a parlé. Ce sont nos cannabiculteurs. On a pu les relier au champ clandestin que nous avons détruit, ce qui nous a permis de les interpeller et de leur faire subir un interrogatoire serré. Ils ont vite admis avoir semé les plants trouvés près de chez vous. Bien entendu, ils ont commencé par nier être les auteurs des incendies mais le plus fragile a craqué assez facilement. Il a avoué en prétendant avoir simplement suivi son ami. Du coup, l'autre a reconnu les faits à son tour, mais en inversant les rôles. Un grand classique.

Il écarta les bras, satisfait.

— Vu qu'ils n'ont aucune attache dans la région et qu'on pourrait craindre qu'ils se soustraient à la justice, le juge les a fait mettre en détention provisoire.

Il eut une moue navrée.

— Malheureusement, ils ne vous rembourseront rien. Ce sont des paumés insolvables. Vous n'aurez que la consolation de savoir qu'ils passeront quelque temps en prison.

Il reçut leurs remerciements avec plaisir, il bavarda quelques minutes encore, donnant d'autres détails avant de prendre congé, satisfait.

Les deux couples regardèrent le véhicule accrocher la côte puis disparaître.

— Maintenant, je peux bien vous le dire, avoua Alex, mais j'avais très peur que ces types s'acharnent sur nous.

Marius esquissa un sourire, confus.

— Moi, depuis l'incendie du mas, j'avais mis le fusil de Georges à côté de notre lit. Mais l'autre nuit je n'ai même pas pensé à le prendre !

XLIII

ASSIS SUR LE ROCHER, Alex et Guillaume admiraient la vallée. Connaissant les difficultés de son père, le jeune homme tenta de le réconforter :

— Ce cadre est vraiment unique, papa. Vous avez fait du beau travail. Je comprends que les touristes aient envie de revenir.

— Oui. Sur ce plan-là au moins, c'est une réussite. Financièrement, c'est un désastre. Ce qui me désole, c'est que mon projet était viable. Il aurait largement tenu la route s'il n'y avait eu cette succession de problèmes.

— Nous y croyons aussi, Mylène et moi, et nous en avons parlé. Nous sommes d'accord pour vous aider : comme tu sais, on a un PEL. Il n'y a pas beaucoup encore : dans les huit mille euros. Mais on vous les prête volontiers.

Ému, Alex prit son fils par les épaules et le serra contre lui. Il attendit que sa gorge se dénoue avant de répondre. Il se trouvait dans une situation financière si critique qu'il dut faire un réel effort pour décliner la généreuse proposition.

— C'est… vraiment bien de votre part. Ça me touche, tu sais. Mais je ne peux pas accepter.

— Ça vous permettrait de souffler jusqu'à l'été prochain.

Désireux de convaincre son père, le jeune homme ajouta sur le ton de la plaisanterie :

— En fait, notre souci, c'est de préserver mon héritage. Mylène et moi, on se voit bien finir notre vie dans cette vallée, la retraite venue. Ce serait dommage qu'elle tombe dans les griffes d'une banque.

— Le seul moyen de nous en sortir, ce serait de faire installer une piscine pour augmenter les loyers, ou de pouvoir aménager deux autres appartements dans la grange. Mais la moindre piscine correcte coûterait au moins douze mille euros, et l'équipement de deux logis reviendrait à plus du double. Tu vois, nous serions loin du compte, même avec votre aide.

— Nous pourrions compléter par un emprunt ?

— Les mensualités de ce prêt s'ajouteraient aux nôtres et rendraient notre situation définitivement intenable.

— On les réglerait à votre place en attendant que vous puissiez tout rembourser, papa. Nous gagnons bien notre vie, Mylène et moi.

Alex se trouva à nouveau incapable de répondre sur l'instant tant il avait la gorge nouée. Cette générosité, cette preuve d'amour le bouleversait. Il laissa passer quelques secondes en secouant la tête.

— Vraiment non. Nous nous sommes déjà endettés au-delà du raisonnable. Nous perdrons l'essentiel de notre investissement si nous sommes contraints de vendre le domaine, mais il est hors de question que je vous entraîne dans cette débâcle. Le seul moyen de nous en sortir serait d'avoir des locations hors saison. Malheureusement, la région est morte en hiver et nous sommes trop loin des stations de ski des monts Aigoual et Lozère.

Le jeune homme allait à nouveau argumenter quand le son clair d'une clochette retentit.

— C'est Annie ! Elle nous signale que le repas est prêt, fit promptement remarquer Alex, soulagé de pouvoir échapper à l'émotion qui l'étreignait. À table, mon grand.

Le jeune homme acquiesça, un peu déçu.

— Vas-y papa, je te rejoins dans deux minutes. Je dois appeler Mylène.

— Tu le feras du mas. Ah oui ! C'est vrai ! Cette foutue zone blanche !

Alex descendit vers le mas en bougonnant :

— Cette foutue zone blanche !

Il s'arrêta soudain, sourcils froncés. Une idée, confuse encore, venait d'émerger.

« Peut-être que... »

Il attendit que son fils le rejoigne pour lui faire part de sa réflexion.

— Ça pourrait effectivement attirer une clientèle susceptible de revenir hors saison, ne serait-ce que durant les week-ends, convint le jeune homme en fronçant pensivement les sourcils. De toute façon, vous n'avez rien à perdre.

— Il faudrait modifier la page d'accueil de notre site.

— C'est un travail facile. Je peux le faire en trois coups de cuillère à pot. Dès ce soir, même. Il faut juste se mettre d'accord sur le topo. Qu'est-ce que tu en dis ?

Alex inspira un grand coup.

— J'en dis qu'on s'y mettra dès qu'on aura mangé !

Il tapota l'épaule de son fils.

— Allons-y ! Allons-y vite !

« Si jamais... Si ça marche... »

XLIV

ALEX LEUR FIT PART de son idée au moment du repas. Les retraités l'écoutèrent avec circonspection, connaissant mal le problème évoqué, alors qu'Annie se montra enthousiaste.

Dès que Guillaume eut modifié la page d'accueil de leur site, ils vérifièrent que les nouvelles informations étaient bien mises en évidence, puis ils envoyèrent le lien aux associations qu'ils avaient pu trouver sur la Toile.

Une semaine plus tard, un homme téléphona. Il demanda quelques précisions avant de retenir un gîte pour le samedi à venir. Ils le reçurent avec la courtoisie habituelle, s'efforçant de dissimuler leur curiosité. Le visiteur, un retraité longiligne au visage couperosé, prit possession des lieux sans faire le moindre commentaire. Il s'installa tranquillement puis, le jour même, il arpenta le domaine et les sentiers environnants. En milieu de semaine, alors qu'il se prélassait devant le mas, chaudement vêtu, Annie fit une tentative d'approche. Elle n'insista pas, l'homme préférant de toute évidence la solitude.

Chaque soir, quand il rentrait de l'emploi que l'agence d'intérim lui avait procuré, Alex s'inquiétait des faits et gestes de leur locataire.

— Il n'a toujours rien dit ? Il n'a fait aucune réflexion ? Sur quoi que ce soit ? Le wi-fi ? Les antennes ?

— Rien de rien, Alex. Il se contente de lézarder ou de se promener dans les environs. Il n'a quitté la vallée qu'une fois, pour faire des courses sans doute. C'est peut-être un retraité ayant envie de s'isoler, tout simplement. Je me demande si nous n'avons pas pris nos désirs pour des réalités.

— Nous le saurons bientôt. S'il est là pour le compte d'une des associations que nous avons contactées, il représente plusieurs dizaines de locataires potentiels. Ça devrait être suffisant.

Le samedi matin, ils venaient de terminer leur petit déjeuner quand l'homme frappa à leur porte pour rendre sa clé. Annie lui proposa une tasse de café qu'il accepta volontiers. Il félicita le couple pour la qualité de l'accueil et évoqua la chance qu'ils avaient de vivre dans un lieu si exceptionnel. Puis, sans préambule, il se présenta enfin :

— Je suis le président d'une association qui regroupe les victimes d'EHS de la région.

Vous connaissez ce sigle puisque vous nous avez contactés.

Alex et Annie, qui avaient passé des heures à consulter le Net sur ce problème, acquiescèrent, ce qui n'empêcha pas l'homme d'expliquer :

— L'EHS, c'est l'hypersensibilité électromagnétique. Les médias font régulièrement état d'enquêtes sur ce sujet : certains individus sont anormalement affectés par les ondes électromagnétiques.

— Nous savons effectivement que cette pathologie touche beaucoup de gens depuis que les antennes relais émaillent le pays.

— Tout à fait. Elles ont aggravé un phénomène qui est apparu avec l'électricité. Les gênes occasionnées sont très variables. Ça va de simples nausées à d'insupportables maux de tête qui impactent sévèrement la qualité de vie des électrosensibles. Certains sont affectés au point de ne pouvoir vivre dans un environnement normal. J'ai créé cette association parce que je souffre moi-même de cette maladie. Étant à la retraite depuis quelques années, j'ai pu m'installer dans l'une des zones blanches qui subsistent encore, contrairement à la majorité de nos adhérents qui sont tributaires de leur emploi. Or, comme vous précisez sur votre site que vos gîtes se trouvent en zone blanche, j'ai tenu à le vérifier.

— Vous avez pu constater que c'est le cas.

L'homme hocha la tête.

— J'avoue que j'ai passé un séjour agréable. Le cadre est splendide et cette absence d'ondes est une bénédiction pour les victimes d'EHS. Le plus intéressant, pour nous, c'est que votre vallée ne sera sans doute jamais couverte par le moindre réseau.

Notant l'air dubitatif de ses interlocuteurs, il expliqua avec satisfaction :

— Les maires des communes concernées ont exercé une telle pression sur le gouvernement qu'il a mis les opérateurs téléphoniques en demeure de couvrir tout le territoire d'ici à la fin 2017. Seules les zones désertiques resteront épargnées. Ce sera certainement le cas de votre vallée à moins que vous n'ayez des relations de poids ?

Alex s'empressa de le rassurer :

— Nous ne connaissons personne qui puisse nous pistonner et, dans la mesure où le fixe nous permet d'avoir Internet, nous nous passons aisément du mobile. Les membres de votre association pourraient occuper nos gîtes en toute sécurité.

L'homme eut l'air satisfait. Son hôte venait de lui tendre la perche attendue.

— Étant votre seul client, j'en déduis que nous sommes en morte-saison. Elle dure longtemps ?

— Pratiquement six mois. Nous faisons le plein dès qu'il fait beau, puis durant les vacances d'hiver et de printemps, mais nous avons peu de locations entre-temps : des retraités parfois, quelques randonneurs le week-end.

— Vous avez donc un important manque à gagner.

— C'est tout à fait normal pour ce type d'activité.

L'homme sourit et poursuivit :

— Il se trouve que plusieurs membres de mon association travaillent à moins d'une heure d'ici. Un lieu comme le vôtre leur permettrait de passer des soirées et des nuits reposantes. Je suppose que leur clientèle vous intéresserait ?

— Bien entendu.

— Le problème, c'est qu'aucun d'entre eux n'a les moyens de payer un loyer mensuel de mille six cents euros.

— Nos tarifs sont conformes à ce qui se pratique, objecta tranquillement Alex.

— Sans doute, monsieur. Je reconnais que le cadre et l'environnement justifient ce montant. Mais il n'en demeure pas moins que vos logis restent vides la moitié du temps. Je suis certain qu'on pourrait trouver un compromis et faire en sorte qu'une location à l'année devienne accessible à certains de nos adhérents tout en étant, pour vous, plus rentable qu'une occupation saisonnière. Qu'en dites-vous ?

— Une location à l'année ?

Alex ne put cacher sa surprise. Ce n'était pas l'offre qu'il attendait.

— Pourquoi pas ? Si vous pouviez revoir vos tarifs à la baisse, un bail classique pourrait convenir à nos membres les plus aisés.

Le couple échangea un regard pensif. La proposition était aussi intéressante qu'imprévue.

— C'est une perspective que nous n'avions pas envisagée, mais ça ne coûte rien d'en parler.

L'homme sortit une calculatrice d'une poche.

— Si on part du principe que vos logements sont occupés six mois par an, ils génèrent un chiffre d'affaires de… soixante-deux mille quatre cents euros. Si le loyer tombait à neuf cents euros mensuels, vous encaisseriez… deux mille quatre cents euros de plus. C'est un bonus qui ne demanderait que quelques aménagements mineurs.

Alex affecta une certaine nonchalance, comme si l'enjeu de leur discussion était purement théorique. Deux mille quatre cents euros supplémentaires n'étaient pas à négliger.

— Vous permettez ?

Il vérifia le calcul de son hôte et ajouta au montant trouvé les économies d'électricité et de taxes diverses qui seraient alors à la charge des occupants. Il résista à l'envie d'accepter tout de suite. Logiquement, l'homme devait s'attendre à une contre-proposition :

— Pour tout vous dire, nous avons l'intention de faire construire une piscine l'année prochaine et, plus tard, un court de tennis. Ces prestations nous permettront de demander cinq cents euros par semaine au lieu de quatre cents, ce qui nous assurera un chiffre d'affaires de soixante-dix-huit mille euros. Dans ces conditions, vous comprenez bien que votre offre ne peut pas nous intéresser. Par contre, un loyer mensuel de mille deux cents euros nous conviendrait. Dans ce cas de figure, nous pourrions même attribuer un bout de terrain aux locataires qui désireraient jardiner.

L'homme secoua la tête, apparemment déçu.

— J'ai contacté les adhérents intéressés avant de venir, vous vous en doutez. Aucun d'eux n'a les moyens de payer un tel loyer. Mille deux cents euros, c'est au-dessus de leurs possibilités.

— Mille euros alors ? proposa Annie avec hésitation.

Alex fit mine d'être contrarié, ce que leur interlocuteur nota.

— Ça pourrait convenir à certains, madame.

Alex fit un nouveau calcul.

— Ça représenterait six mille euros de moins que ce que nous pourrons espérer, une fois la piscine et le court de tennis construits.

En réalité, il avait du mal à rester impassible. L'homme ne pouvait savoir qu'ils n'avaient plus les moyens d'entreprendre quelques travaux que ce soient. Il donna un discret coup de pied à Annie qui enchaîna :

— Des locataires à l'année, ça me simplifierait la vie, mon chéri. Je n'aurais plus à jongler avec les réservations, à gérer les défections de dernière minute ou à nettoyer les logements après chaque départ. Sans compter qu'avoir de vrais voisins serait bien agréable.

Alex gardait la tête baissée pour éviter que son regard ne trahisse son excitation. Un loyer de mille euros leur permettrait d'honorer leurs mensualités et, à terme, de réaliser les aménagements prévus. Ils pourraient surtout finir leur vie ensemble dans leur vallée, libérés des soucis financiers. Ils pourraient…

— Alors ? Un loyer de mille euros ? Qu'en pensez-vous ?

La réflexion l'arracha à sa rêverie. Il releva le front en s'efforçant d'avoir l'air réticent.

— Il nous faudra en discuter, monsieur. Nous sommes quatre associés. Je vous téléphonerai dès que nous aurons pris une décision.

Ne semblant pas contrarié, l'homme abattit sa dernière carte.

— Je comprends qu'un manque à gagner de six mille euros ne vous convienne pas, mais… il y a peut-être moyen de compenser ?

Il nota l'air intéressé de ses interlocuteurs et enchaîna avec un fin sourire :

— Certains de nos membres – j'en connais au moins quatre – sont disposés à investir dans l'acquisition d'un mobile home s'ils trouvent un terrain en zone blanche. Or le vôtre est immense. Il pourrait accueillir de nombreux logements de ce type. Voire des caravanes.

La suggestion prit Alex de court. Il envisagea rapidement les avantages et les inconvénients d'une telle situation. Il réfléchit à haute voix :

— Ça impliquerait de modifier les statuts de notre société, d'ajouter une ou deux fosses septiques, de viabiliser chaque emplacement… autant de formalités et de frais que nous n'avions pas budgétisés. Je ne sais même pas combien nous pourrions demander.

— Les loyers mensuels varient de cent cinquante à trois cent cinquante euros pour ce type d'hébergement. Tout dépend de l'aménagement des terrains et de la proximité d'une grande ville. Pour être honnête, je pense que vous ne pourriez pas exiger plus de deux cents euros.

— Ce qui ferait deux mille quatre cents euros bruts par emplacement et par an, murmura rêveusement Annie.

— À ce jour, je peux vous garantir au moins quatre locataires, ce qui vous rapporterait davantage que le manque à gagner évoqué.

Alex se trouva incapable de réfléchir durant quelques secondes. Il reprit la calculatrice pour se donner une contenance. En fait, il avait du mal à cacher sa joie.

« Nous aurions plus que prévu, même avec la piscine et le tennis. »

Il dut coller ses jambes avec force l'une contre l'autre pour que leur tremblement ne se propage pas à son corps tout entier. Lorsqu'il eut retrouvé un semblant de calme, il releva la tête et admit son intérêt.

— Comme je vous ai dit, je dois en discuter avec mes associés. Mais si vous nous garantissez la location pleine des appartements au loyer de mille euros mensuels et la location d'au moins quatre emplacements pour mobile home, je serai personnellement favorable à cette solution. Mais vous avez parlé d'aménagements mineurs ?

— En effet, il faudrait mettre votre téléphone fixe, votre PC et votre box dans une cage de Faraday, par exemple. C'est un bricolage qui permettrait d'éliminer le résidu d'électromagnétisme qui pourrait gêner les plus sensibles des locataires. Il n'y a là rien de bien compliqué. Nous pourrions effectuer nous-mêmes ces petits travaux si nous tombons d'accord. En ce qui concerne le bout de terrain que vous proposiez d'attribuer…

— Je le confirme. Chacun pourrait avoir le sien, qu'il occupe un logement ou un emplacement.

Le retraité se leva et prit congé, satisfait.

— J'attends donc votre décision. Au revoir madame. Au revoir monsieur. Merci pour votre accueil. Si nous faisons affaire, vous ne pouvez pas imaginer les souffrances que vous épargnerez à nos membres !

Ils l'accompagnèrent jusqu'à son véhicule. Ils le regardèrent partir, monter la pente, disparaître au niveau du col.

Alors ils s'étreignirent joyeusement.

Épilogue

NOUS AVONS DÛ MODIFIER la raison sociale de notre société, une formalité que j'ai effectuée avec un grand plaisir. Notre succession de problèmes nous ayant rendus prudents, nous avons attendu la signature du sixième bail pour aménager les terrains destinés à l'accueil des caravanes et des mobile homes. Étant à présent assurés de pouvoir dégager un chiffre d'affaires suffisant, nous avons accepté la généreuse proposition de Guillaume et de Mylène. Nous avons utilisé leurs économies pour ajouter deux fosses septiques et viabiliser les emplacements prévus. L'année prochaine, nous aurons les moyens de rembourser une partie de nos emprunts, de terminer le loft et de faire installer la piscine sur la première terrasse. Comme promis, nous avons attribué une parcelle à chaque occupant, libre à chacun de la cultiver ou de la laisser en friche.

Nos logis n'excédant pas cinquante mètres carrés, nos locataires sont essentiellement des couples et des célibataires. Puisque nous devons vivre ensemble, il importe que ce soit dans un bon état d'esprit, aussi ai-je refusé un imbécile qui s'était permis une réflexion ironique sur le physique des fantômes. Les candidats que nous avons agréés sont réellement charmants. Ils ont su apprivoiser nos amis au point que ces derniers n'appréhendent pas de croiser leurs regards. Au contraire, ils ont le sentiment d'appartenir à une nouvelle communauté qui les accepte et les respecte.

Nous sommes bien occupés, Annie et moi. Quand nous aurons terminé le minigolf, nous aménagerons le boulodrome. Nous travaillons à un rythme tranquille, sans la moindre pression.

Certains après-midi, nous délaissons nos outils pour nous promener dans la forêt. Nous retrouvons avec une émotion intacte les lieux où nous nous sommes aimés : l'immense châtaignier qui a si souvent protégé nos émois est mort, mais son tronc formidable et ses branches dénudées dominent encore la futaie. Ailleurs, les arbustes et les buissons ont avalé les clairières mais ils gardent certainement le souvenir d'un couple d'adolescents tendrement enlacés. Nous nous allongeons parfois sur un tapis de mousse, la main dans la main et les yeux taquinés par le soleil qui perce les feuillages. Nous parlons peu. Ce n'est pas nécessaire puisque nous sommes heureux.

Le soir, nous accueillons d'un sourire nos locataires qui rentrent du travail. Quand le temps le permet, nous nous retrouvons dans la cour pour bavarder, prendre l'apéritif, partager un repas. Souvent, spontanément, Roberte et Marius viennent se joindre à nous.

Quand la nuit tombe, nous montons quelquefois jusqu'au col, Annie et moi, pour admirer notre mas éclairé par la lune.

Nous avons redonné vie à la vallée. Elle abrite une belle histoire d'amour. Une nouvelle communauté aussi.

Nos divorces respectifs et nos soucis financiers nous ont fait perdre une bonne partie de nos amis, mais ça n'a pas d'importance. Nos locataires étofferont la noce.

Annie et moi allons nous marier.

Postface

CETTE HISTOIRE EST NÉE, comme les précédentes, d'un mélange de lectures, de souvenirs et de vécu : voici bien des années, j'ai croisé un paysan atteint de la même difformité que Marius puis, peu après, une jeune femme qui aurait pu être Roberte. Je n'ai jamais oublié ces deux personnes dont le physique m'avait touché.

Ensuite, professionnellement, j'ai souvent eu l'occasion de former à leur nouveau métier nombre de cadres licenciés pour des raisons économiques. La plupart d'entre eux n'avaient en effet pas d'autre choix que de créer leur entreprise dans la mesure où, passé cinquante ans, ils n'intéressaient plus les employeurs potentiels. Je me suis inspiré du courage avec lequel ils affrontaient cette difficile situation pour donner vie à Alex.

Par ailleurs, une de mes nièces et son époux ayant hérité d'une ruine cévenole, j'ai suivi avec intérêt la transformation de cette masure délabrée en une magnifique habitation.

Comme toujours, je ne peux conclure un récit sans le soumettre à mes critiques les plus sévères : mes enfants Sandrine, Aude et Alric. Leur avis m'est précieux et m'évite souvent quelques incohérences.

Je les remercie avec tendresse.

Imprimé en France par CPI
en juin 2025
Édition 01
N° d'impression : 2083206
Dépôt légal : juillet 2025
ISBN : 978-2-8129-4069-9
ISSN : 1627-6779